Lost Heart

DER TRAUM VON UNS

von Emma Smith

AF216163

> Man sieht oft etwas hundert Mal, tausend Mal, ehe man es zum allerersten Mal wirklich sieht.

– CHRISTIAN MORGENSTERN (1905)

Impressum
Jasmin Schürmann/Emma Smith
Marga-Meusel-Straße 25
45711 Datteln

Lektorat/Korrektorat: Katrin Schäfer
2. Korrektorat: Anna Werner
Cover/Umschlaggestaltung: Sabrina Dahlenburg
Satz & Layout: Laura Newman
- design.lauranewman.de -

Herstellung und Verlag: BoD – Books on Demand, Norderstedt
ISBN: 978-3746077451

PROLOG
1997 - Brooklyn, New York

Claire

»Seid ruhig!«, schrie Mrs. Waters quer durchs Zimmer.

Alle Kinder hörten auf herumzubrüllen und zu schreien. Ich konnte sie sehr gut verstehen. Mrs. Waters sah furchterregend aus. Sie wog sicher so viel wie ein Elefant, roch ganz komisch und guckte total böse. Und obwohl ich erst ein paar Stunden hier war, schien sie mich nicht zu mögen. Gran hatte immer gesagt, dass man jeden, egal wen, mit ganz viel Respekt entgegenkommen sollte. Immerhin erwartete das der andere auch von mir.

»Das ist Claire. Sie wird ab sofort hier mit euch leben.«

Ich biss mir auf meine Unterlippe. Eigentlich sollte ich das nicht machen, aber Gran war nicht mehr da, und wenn ich von so vielen Kindern angestarrt wurde, siegte die Nervosität.

»Ich habe dir die Regeln erklärt«, sprach mich Mrs. Waters jetzt direkt an.

Ich nickte hastig.

Keine Gewalt.

Keine Süßigkeiten.

Keine Lügen.

»Gut, dein Zimmer kennst du bereits. Dann mach dich mit den anderen mal bekannt. Viel Erfolg.«

Keine Ahnung, was sie mit ‚Viel Erfolg' meinte, aber als sie hinausging und mich allein zurückließ, war es plötzlich gar kein schlechter Gedanke mehr, mit der Elefantenlady mitzugehen.

Hier lebten ungefähr 30 Kinder. Das Waisenhaus an der Baker Street in Brooklyn war längst überfüllt. Aber das Jugendamt hatte keine Ahnung, wohin ich sonst gesteckt werden sollte. Also landete ich doch hier.

»Hey, du! Warum bist du hier? Ist deine Mutter auf Crack?« Drei Jungen, die mindestens ein bis zwei Köpfe größer waren als ich, umzingelten mich sofort. Der Größte von ihnen hatte mich angesprochen und musterte mich aufmerksam. »Heroin?«, fragte er weiter, als ich keine Antwort gab, sondern lieber an meinem Hasen schnüffelte. Er roch immer noch nach Gran und das beruhigte mich.

»Ich rede mit dir!«

»Was ist Heroin?«, fragte ich vorsichtig nach.

Der Große verdrehte genervt die Augen.

»Lass sie in Ruhe, Finnigan!«

Ein Junge, der etwas größer war als ich, stellte sich zwischen mich und die großen Jungs.

»Dein Ernst, Parker? Seit wann interessieren dich kleine Mädchen?«

Ich war ziemlich verwirrt. Dieser Parker sah nicht gerade aus, als wäre er viel älter als ich. Wobei seine Haltung viel erwachsener wirkte. Er hatte kurzes schwarzes Haar und starrte ohne Angst die Jungen an. Mutig war er.

»Seit wann kümmert ihr euch um kleine Mädchen?«, konterte der Junge. »Sucht euch andere Opfer.«

Und tatsächlich ließen die drei Jungen uns in Ruhe und verschwanden.

»Danke. Die haben mir echt Angst gemacht«, sagte ich.

Der Junge drehte sich zu mir um. Wow. Hatte der tolle funkelnde Augen.

»Die sind harmlos, wenn man sie genauer kennt.«

»Ich bin Claire«, stellte ich mich vor. »Meine Gran ist gestorben, deswegen bin ich hier. Ich wusste, dass sie sehr krank war. Und jetzt gibt es keinen mehr, der sich um mich kümmert. Na ja, außer Onkel Hase. Willst du ihn auch mal halten? Er ist total weich, hilft mir immer beim Einschlafen.«

Ich hielt ihm den Hasen hin, aber den schaute er sich nur kurz an.

»Wie alt bist du, Claire?«, fragte er stattdessen.

»Ich bin sieben Jahre alt«, antwortete ich ihm stolz. »Im Dezember werde ich schon acht. Meine Gran hat gesagt, dass ich bald eine junge Lady bin.«

»Für sieben Jahre redest du ganz schön viel.«

»Und wie alt bist du?«, fragte ich.

»Elf.«

»Für elf bist du ganz schön unhöflich. Wie heißt du jetzt eigentlich?«

Der Junge grinste. »Ich bin Malcolm. Aber hier werde ich nur Parker genannt.«

»Warum? Malcolm ist ein schöner Name. Gran hat immer gesagt, man muss seinen Namen mit Stolz tragen. Man hat doch nur einen.«

Malcolm sah mich eine Weile einfach nur an. »Deine Gran ist eine kluge Frau.«

»Sie war die Beste«, verkündete ich stolz und versuchte mich an ihre Regel zu halten: Denke stets mit einem Lächeln an mich und nie mit einer Träne.

Im Augenwinkel erkannte ich die drei Jungen, die zu uns sahen. Alle drei wirkten nicht glücklich.

»Du Malcolm, ich glaube nicht, dass die nett sind. Die gucken so böse.«

Malcolm folgte meinem Blick.

»Ach, mach dir keine Sorgen.«

Wieder schaute er mich an und ich fühlte mich sofort sicher. Auch wenn ich ihm irgendwie nicht glauben konnte.

»Hast du schon den Speiseraum gesehen? Wenn du nachts Hunger bekommst, kann ich dir einen geheimen Weg dorthin zeigen.«

»Aber Mrs. Waters hat gesagt ...«

»Pass auf, Claire. Die erste Regel hier drin lautet: Was Mrs. Waters nicht weiß, macht sie nicht heiß.«

Ich speicherte diese Regel ab und würde die Erinnerung daran nie vergessen, wie meine Lieblingsbonbons, die ich mir abends immer ins Zimmer geschmuggelt hatte, damit Gran nichts davon mitbekam.

So lernte ich also Malcolm Parker kennen, den ersten Jungen, der mir das Gefühl gab, nicht allein auf der Welt zu sein ...

Malcolm

Sie würden mich so verdreschen. Entweder heute Nacht, wenn alle schliefen, oder sie würden darauf warten, mich im Laufe des Tages irgendwann in eine dunkle Ecke zu drücken, um mir da eine Lektion zu verpassen.

Aber ich konnte nicht zulassen, dass sie diesmal eine 7-Jährige verprügelten!

Finnigans Opfer wurden immer jünger, was ganz und gar nicht für den Penner sprach. Man, wie oft hatte ich mich mit denen angelegt? Wenn sie versuchten, mir mein Frühstück zu klauen, oder sie mal wieder meine Hausaufgaben ins Klo spülen wollten. Wenn sie mir dumm kamen, wehrte ich mich bis zum Erbrechen.

Und ehrlich, wer konnte diesem Mädchen überhaupt etwas Böses wollen? Es war schon schlimm genug, dass sie in dieses Loch gekommen war. Aber jetzt auch noch Finnigan? Das würde ich nicht zulassen.

»Ach, mach dir keine Sorgen«, log ich sie an, während Claire die Jungs genau beobachtete.

Ich musste sie ablenken. Sie sollte Finnigan nicht noch wütender machen.

»Hast du schon den Speiseraum gesehen? Wenn du nachts Hunger bekommst, kann ich dir einen geheimen Weg dorthin zeigen.«

Claires Augen wurden kugelrund vor Schreck. Die Augen waren mir als erstes aufgefallen, als sie gerade da vorne stand. Sie hatte ihren Plüschhasen an sich gedrückt und hoffte wohl, im Boden zu versinken. Aber ich konnte nur diese Augen ansehen. Sie waren grasgrün und funkelten wie kleine Diamanten. Wobei Diamanten ja nicht grün waren? Sie glitzerten halt.

Claire war ein hübsches kleines Ding, und ich hoffte nur, dass Finnigan einfach nur eine 7-Jährige mit einem Plüschhasen sah.

»Aber Mrs. Waters hat gesagt ...«, versuchte sie mir zu erklären, aber ich ließ sie nicht mal ausreden.

»Pass auf, Claire. Die erste Regel hier drin lautet: Was Mrs. Waters nicht weiß, macht sie nicht heiß.«

Keine Ahnung, warum ich immer schon Mrs. Waters Worte anzweifelte. Wenn man hier lang genug lebte, lernte man schon früh, wie sehr Mrs. Waters einem am Arsch vorbeigehen konnte.

»Du meinst, wir sollen uns nicht an die Regeln halten?«, fragte sie mich fassungslos.

»Ich sage nur, nicht jeder Erwachsener hat recht. Die wollen uns das nur weismachen.«

Wieder bekam sie diesen ungläubigen Blick. Dann bekamen ihre Augen noch mal eine intensivere Farbe.

»Wow. Wenn das meine Gran wüsste. Und sie wäre total froh, dass du mir geholfen hast, Malcolm. Danke noch mal!« Sie lächelte und sorgte im ersten Augenblick dafür, dass ich völlig sprachlos war.

Wann hatte sich das letzte Mal jemand bei mir bedankt? Wann hatte man mich das letzte Mal mit Malcolm angesprochen?

Claire war ein komisches Mädchen. Sie heulte nicht, sie redete ganz offen über ihre tote Gran, die wohl ihr einziger Vormund gewesen war, und schien über ihr Los nicht gerade traurig zu sein. Lag es daran, weil sie noch nicht wusste, was es bedeutete, in einem Waisenhaus zu leben?

»Ich habe dir doch gesagt, Finnigan und die Jungs sind eigentlich in Ordnung«, log ich sie wieder an. Warum hatte ich das Bedürfnis, ihr die heile Welt vorzuspielen? Vielleicht kam da der Große-Bruder-Komplex aus mir heraus? Immerhin hatte ich nie Geschwister gehabt.

»Ich glaube dir nicht, Malcolm. Ich bekomme eine Gänsehaut, wenn sie uns so böse angucken. Aber du bist größer als ich und ein Junge. Du hast bestimmt auch schon Muskeln. Du beschützt mich. Ich werde jetzt auf mein Zimmer gehen. Ich bin müde. Bist du morgen auch wieder hier?«

Ich nickte. Am liebsten hätte ich laut gelacht. Wohin sollte ich sonst gehen?

Aber ihre Frage war berechtigt.

Ich konnte erst drei Tage später mein Zimmer wieder verlassen. Finnigan und die Jungs hatten mir diesmal mehr als die Leviten gelesen.

Aber es hatte sich gelohnt. Ich hatte die Schläge eingesteckt, die für Claire bestimmt waren. Und so lernte ich Claire Watefield kennen, die mir meinen ersten Traum erfüllt hatte. Ich war nicht mehr allein …

Claire

»Okay, Samira, was haben wir jetzt alles?«, fragte ich meine Sekretärin und sah auf die Akten, die für mich seit Wochen lebensnotwendig waren.

»Den Kostenvoranschlag haben wir hier, die Modelle auch, dazu genaue Details über das Projekt finden Sie in diesen Ordnern.«

Samira hatte alles genau geordnet. So, wie ich sie drum gebeten hatte.

»Sehr gut. Kopien für die Kunden sind auch dabei?«

»Ja, alle Details sind in zweifacher Ausführung, Miss Watefield.«

»Gut«, seufzte ich zufrieden auf. »Dann sind wir perfekt vorbereitet.«

Samira lächelte zufrieden.

Sie arbeitete jetzt seit zwei Jahren für mich. Seitdem ich das Projekt betreuen durfte. Zwei lange Jahre der Planung, und morgen würde ich endlich unseren Kunden mitteilen können, dass der Bau losgehen würde.

Ein Erfolg, an den ich ab und zu nicht mehr glauben wollte.

Ich sah zufrieden aus dem Panoramafenster. Mein Büro befand sich in der 12. Etage und der Ausblick auf die Stadt war immer noch etwas ganz Besonderes. Ich vergaß oft, wie wenig selbstverständlich das alles war.

»Ihr Flieger geht um drei, die Tickets liegen bereits am Terminal.«

»Danke, Samira. Es ist Zeit für die Mittagspause. Nehmen Sie die, bevor ich noch mit irgendwas anderem komme«, lächelte ich ihr dankbar zu. Ich wusste, dass sie seit letzter Woche quasi Doppelschichten schob. Und das alles würde ich ihr nicht vergessen.

Samira war nur wenige Jahre jünger als ich und war mindestens genauso ehrgeizig wie ich.

»Danke. Möchten Sie vielleicht auch noch etwas essen?«, fragte sie noch nach.

»Nein, nein. Ich werde im Flugzeug etwas essen.«

Dann verschwand sie und ließ mich mit all den nervösen Gedanken allein zurück. Wenn der Wolkenkratzer erst einmal stand, würde es ruhiger werden.

Seufzend stand ich von meinem Schreibtisch auf und legte die Dinge noch einmal zusammen, obwohl alles bereits schon sortiert war. Aber doppelt hielt besser.

»Nervös?«

Simon war hereingekommen und lächelte mich an. Das tat er immer. Er bat Samira jedes mal, ihn nicht anzumelden, und dann stand er plötzlich in meinem Büro. Gut, er war der Boss hier. Wer, wenn nicht er konnte sich das leisten?

»Warum sollte ich nervös sein? Der Deal steht seit zwei Jahren«, antwortete ich ihm und versuchte mich wieder professionell zu verhalten.

Simon war Ende 30, gehörte zu den reichsten Junggesellen in Boston, und war mein Boss. Dazu sah er höllisch attraktiv in diesen Armani-Anzügen aus. Und weil ich wusste, was für eine eine Wirkung ich auf ihn hatte, schliefen wir seit einem halben Jahr miteinander.

»Claire ...«

Simon setzte sich mir gegenüber und blickte mich nachdenklich an. In letzter Zeit machte er das immer wieder. Er wollte versuchen, mich zu lesen. Das jedoch erwies sich als schwierig. Ich zeigte niemanden, wie es wirklich in mir aussah. Denn Schwäche zeigen, war für eine junge Frau in dieser Position das Todesurteil. Nichts ging über die Karriere.

»Ich muss los. Mein Flieger geht gleich. Ich rufe dich heute Abend an, wenn ich angekommen bin«, antwortete ich und packte alle Sachen zusammen.

»Ich kann dich gerne zum Flughafen bringen«, sprach er und stand auch auf.

»Ach was, ich nehme mir ein Taxi.«

Ich lächelte, gab ihm einen Kuss auf die Wange und ließ ihn allein in meinem Büro zurück.

Als ich ein Taxi gefunden hatte und wir losfuhren, war ich erleichtert.

Ich mochte meinen Job, war stolz darauf, es so weit geschafft zu haben. Aber das mit Simon wurde langsam kompliziert. Ich war kompliziert.

Nein, jetzt konnte ich mich wirklich nicht mit meinem Privatleben beschäftigen.

Vierzig Minuten später kam ich am Flughafen an und während ich den Weg zum Check-in nahm, überflog ich mit dem Handy meine E-Mails.

»Guten Tag«, begrüßte mich die Airline-Mitarbeiterin, als ich beim Check-in ankam.

»Mmh ...«, seufzte ich und löschte unwichtige Spam-Mails. »Claire Watefield, mein Ticket ist bereits hinterlegt.«

Samira hatte mir noch einmal die wichtigsten Details zugesandt, damit ich eine To-do-Liste dabei hatte.

»Da haben wir Sie ja. Businessclass oder ...«

Ich sah von meinem Handy auf und schenkte ihr einen Blick, der alles sagte.

»Okay, Businessclass. Ich bräuchte dann noch Ihren Ausweis, Mrs. Watefield.«

»Miss Watefield«, klärte ich sie auf und sperrte mein Display.

Die Airline-Mitarbeiterin mit dem süßen Namen Sandy - war das ihr Ernst? - begann etwas zu stottern, als sie mich weiter nach meinen Personalien fragte.

Wie ich unqualifiziertes Personal doch liebte.

»Bitte sehr. Begeben Sie sich zum Gate 24. Ich wünsche Ihnen einen schönen Aufenthalt in New York.«

Ihre letzten Worte erwischten mich unvorbereitet. Ich brauchte ein paar Sekunden, um mein Ticket an mich zu nehmen. Ich bedankte mich nicht, noch sagte ich irgendwas anderes.

New York. Jedes Mal, wenn wir über diese Stadt sprachen, war es einfach eine Stadt. Aber jetzt gerade war sie die Stadt, die Erinnerungen brachte, die ich einfach nur vergessen wollte.

Ich durchlief Sicherheitszonen, ging an Duty-Free-Shops vorbei, und das alles nahm ich irgendwie nicht wirklich wahr.

Wann hatte ich das letzte Mal an früher gedacht?

Ich seufzte, als mir bewusst wurde, was ich da wieder machte. Die Zeiten des Kummers, der Heulerei und auch der Wut waren vorbei. Ich sollte gar nichts mehr fühlen, wenn ich an früher dachte. Es existierte einfach nicht.

Als ich endlich am Gate ankam, waren bereits die meisten im Flugzeug.

Ich übergab der Mitarbeiterin mein Ticket, dann durfte ich weiter.

Plötzlich klingelte mein Handy in der Hand. Es war Simon. Seufzend schüttelte ich den Kopf, nahm aber ab.

»Simon, was gibt es noch? Ich steige gerade ins Flugzeug!«

»Ich wollte nur sichergehen, dass du den Flieger bekommst. Ich habe gehört, es gab mehrere Unfälle in der Innenstadt. Aber es erleichtert mich, dass du durchgekommen bist. Der Auftrag ist einer der wichtigsten für unsere Firma, Claire. Du sollst wissen, dass ich an dich glaube.«

Er glaubte an mich. Das sagte er immer, wenn es einen wichtigen Auftrag gegeben hatte. Ich lächelte, weil mir auch schon als Zehnjährige dieser Satz oft gesagt wurde. Vor allem, wenn ich unsicher war und höllische Angst vor etwas hatte.

»Danke, ich melde mich, wenn ich gelandet ...«

Ich wollte gerade ins Flugzeug steigen, als die Crew einen der Piloten begrüßte.

»Entschuldigt, der Verkehr war eine Katastrophe«, sprach der Mann, der mit dem Rücken zu mir stand.

Ich runzelte die Stirn, während Simon mir irgendwas erzählte.

»Macht nichts, wir haben es auch gerade so geschafft«, antwortete eine der Stewardessen.

»Claire? Hörst du mir überhaupt zu?«, hörte ich Simon jetzt durch den Hörer fragen.

Ich verdrehte die Augen, weil ich heute wirklich viel zu verwirrt war. Das musste aufhören. Der Mann vor mir war einfach ein Pilot und kein Schatten aus meiner Vergangenheit. Vielleicht half es mir, wenn ich mir gleich einen Drink genehmigen würde.

»Ich muss jetzt auflegen. Ich melde mich dann heute Abend. Bis dann.«

Ich legte auf und starrte in braune Augen, die mir den Atem nahmen.

Das konnte nicht wahr sein!

2017
Boston

Malcom

Die Dusche wurde abgestellt, während ich in meinem Schlafzimmer auf meinem Sessel saß und hinausschaute.

Der Wecker zeigte 23.15 Uhr an. Die Nacht war wolkenlos und die Sterne am Himmel machten den Ausblick perfekt.

»Es war schön«, sprach Gabriela, die ich vor drei Stunden in der Flughafenbar kennengelernt hatte.

Ich nickte, während ich weiter hinausschaute.

»Na dann«, murmelte sie und schien darauf zu warten, dass ich noch etwas sagen würde.

»Brauchst du Geld für ein Taxi?«, fragte ich und drehte mich zu ihr um.

Gabriela war eine attraktive Frau. Rassig dunkles Haar, ein kleiner spanischer Akzent, was wollte man mehr, wenn man unverfängliche One-Night-Stands bevorzugte?

»Danke, das Geld bekomme ich gerade noch zusammen«, schnaubte sie, und wieder mal hatte ich mich geirrt. Sie war enttäuscht, obwohl ich ihr nie etwas versprochen hatte.

Meine Güte, was erwartete sie denn? Dass ich eine Frau, die bereitwillig mit einem Fremden in einer Uniform mitgegangen war, vom Fleck weg heiraten würde?

»Gut, dann schönen Abend noch.«

Gabriela fluchte auf Spanisch, als sie mein Apartment verließ, aber diese Stille nach ihrem Abgang war pure Magie. Zumindest so lang, bis sich wieder mein Kopfkino bemerkbar machte. In letzter Zeit passierte das öfter.

Seufzend lehnte ich mich in den Sessel zurück und nahm einen Schluck von meinem Drink.

Fünfundzwanzig Jahre alter schottischer Whisky. Auch das war etwas, was früher noch unglaublich auf der Zunge schmeckte. Jetzt war er immer noch gut, aber ich genoss es nicht mehr so sehr.

Die Frauen, das Geld, die Karriere ... das alles fühlte sich immer weniger »gut« an. Aber sollten sich langersehnte Träume nicht genau so anfühlen?

Es war immer noch ein unbeschreibliches Gefühl, wenn ich im Cockpit saß und fliegen durfte. Aber was brachte diese Freude, wenn alles andere sich nicht richtig anfühlte?

Ich fuhr mir durch mein müdes Gesicht. So langsam sollte ich ins Bett. Wenn ich morgen noch Sport machen wollte, bevor es zum Flughafen ging, brauchte ich genug Schlaf.

Ich stand auf und sah auf mein Bett mit dem zerwühlten Laken. Seufzend zog ich die Decke weg und legte mich einfach ohne hin. Ich fand nur sehr schwer in den Schlaf, aber ich fand ihn ... und das war es, was zählte.

»Scheiße, warte Parker!«, rief mir John zu, und ich drehte mich um, ohne aufzuhören mich zu bewegen.

»Komm schon, es sind nur noch drei Meilen«, sprach ich ihm Mut zu.

Mehrmals die Woche joggten John und ich im Boston Common Park. John arbeitete für die gleiche Airline wie ich. Er war Single und hatte Zeit ohne Ende, wenn er nicht im Cockpit saß. Also lebte er die perfekte Kopie meines eigenen Lebens.

»Ehrlich, Alter. Wie kannst du morgens schon so fit sein, wenn du abends eine Braut nach Hause mitgenommen hast? Ich ... ich bin immer noch völlig fertig«, murmelte er und stützte sich auf das Geländer der Brücke, die wir schon zur Hälfte überquert hatten.

Ich lief zu ihm und gönnte mir dann erzwungenermaßen eine Pause.

»Du musst mir dein verdammtes Geheimnis verraten«, sprach John weiter und fuhr sich durch sein feuchtes Haar.

»Da gibt es kein Geheimnis«, seufzte ich und lehnte mich auch an das Brückengeländer.

John schnaubte und ich verdrehte die Augen.

»Sie ist bereits gestern Abend wieder gegangen.«

»Ernsthaft? Mann, die war heiß. Ich hätte mich wenigstens bis heute Morgen mit ihr vergnügt.«

Ich fuhr mir frustriert durch die Haare. Früher war das auch genau mein Ziel gewesen.

»Was ist los mit dir, Parker? Du wirkst seit Wochen ziemlich nachdenklich außerhalb des Cockpits.«

Ich nickte, weil es stimmte. Meinen Job würde ich niemals vernachlässigen, dazu besaß ich einfach zu viel Vergangenheit. Aber im Rest meines Lebens?

»Keine Ahnung, was los ist. Ich denke einfach viel nach und ...«

Meine Smart-Watch meldete sich gerade.

»Ich muss langsam wieder zurück«, verabschiedete ich mich. »Mein Flug geht um drei.«

»Alles klar. Wir sehen uns dann!«

Ich nickte und joggte dann zurück nach Hause.

Es war erstaunlich, wie sehr die Menschen sich von Uniformen blenden ließen.

Das fragte ich mich jedes Mal, wenn ich den Flughafen betrat. Die Kinder staunten, die Frauen lächelten und die Männer ... na ja, die würden womöglich so einiges tun, um an meiner Stelle zu sein.

Es war schon immer mein größter Traum gewesen, riesige Maschinen über den Ozean zu bringen. Tausende Flüge später war die Leidenschaft immer noch nicht verschwunden, aber mein Leben fühlte sich anders an. Unbefriedigter.

»Captain Parker«, begrüßte mich auf dem Weg zum Gate eine der Airline-Mitarbeiterinnen.

»Hallo.« Ich lächelte leicht. Mehr war nicht drin. Flughafenmitarbeiterinnen waren tabu, vor allem die Stewardessen. Ich hatte keine Lust auf Dramen am Arbeitsplatz. Und außerdem war die Flughafenbar praktisch DIE erste Anlaufstelle für schnelle Nummern.

Ich schaute auf meine Uhr. Verdammt, in fünfzehn Minuten sollte die Maschine abheben. Wenn dieser dumme Stau nicht gewesen wäre, wäre ich sicher eine halbe Stunde eher hier gewesen.

Ich lief zum Gate, am Schalter vorbei und entschuldigte mich sofort bei der Crew, als ich ins Flugzeug stieg.

»Entschuldigt, der Verkehr war eine Katastrophe«, informierte ich sie.

»Macht nichts, wir haben es auch gerade so geschafft«, antwortete Lydia mir, und sofort war ich mehr als erleichtert.

»Sind bereits alle Passagiere eingestiegen?«, hakte ich nach und nahm meinen Hut ab.

Ich wollte gerade hören, was Lydia mir zu sagen hatte, als eine ganz andere Stimme hinter mir zu hören war.

»Ich muss jetzt auflegen. Ich melde mich dann heute Abend. Bis dann.«

Ich erstarrte regelrecht. Mein Rücken war dermaßen angespannt, dass ich nicht einen Moment an einen Irrtum glaubte.

Ich drehte mich um und starrte in die einzigen Augen, die mich jemals an grünes Gras erinnert hatten.

Das konnte nicht wahr sein!

Claire

»Malcolm«, murmelte ich völlig überrascht.

Er war es wirklich. Leibhaftig. Und er war Pilot geworden. Seinen Traum hatte er sich also erfüllen können.

Und da kam das imaginäre kalte Wasser, um mir klarzumachen, dass der Mann vor mir zwar Malcolm war ... aber er war noch immer der Mann, der mich verlassen hatte ohne ein einziges Wort des Abschiedes. Und dieser Mistkerl ist Pilot geworden! Pilot!!!

»Darf ich Sie zu Ihrem Platz bringen, Miss?«, fragte mich eine der Stewardessen.

»Claire, ich ...«, hörte ich seine kehlige Stimme, ignorierte sie aber.

»Natürlich dürfen Sie das. Heben wir gleich ab? Ich habe noch wichtige Termine«, machte ich den Leuten hier klar.

Es änderte nichts. Es änderte gar nichts, flüsterte ich mir in meinem Kopf immer wieder zu.

Dann war er eben hier. Pah. Was änderte das? Es änderte alles. Während ich mir Sorgen machte, dass dieser Mistkerl vielleicht ertrunken im Hudson lag, erschossen, beraubt ... keine Ahnung, eben nicht mehr am Leben war, war dieser Arsch einfach nur gegangen.

Ich lief an ihm vorbei. Oh, mein Gott. Er benutzt immer noch dasselbe Deo.

Meine Schultern hoben sich, weil ich mir sicher sein musste, mich unter Kontrolle zu haben.

Man brachte mich zu meinem Platz, der natürlich nur zwei Reihen hinter dem Cockpit lag. Wie war das? Ich flog Businessclass? Verdammt. Was gäbe ich jetzt für Economy!

»Wenn Sie etwas benötigen, betätigen Sie bitte den ...«

»Ich fliege nicht das erste Mal. Danke«, antwortete ich ihr und atmete erst einmal aus, als sie mich allein ließ. Ich war wohl eine der letzten Passagiere, die das Flugzeug bestiegen hatten, denn die Türen wurden bereits geschlossen.

Ich setzte mich in meinen komfortablen Sitz und schloss für wenige Sekunden die Augen. Nicht mal das Beben meiner Lippen hatte ich bemerkt, aber jetzt, da ich hier saß, war es glasklar. Malcolm ...

»Meine Damen und Herren«, ertönte Malcolms männliche Stimme durchs Flugzeug. »Mein Name ist Malcolm Parker und ich bin heute Ihr Pilot. Meine Co-Piloten auf der Strecke Boston - New York sind heute Lance Walkers und Jeffrey Dinozo. Momentan fegt ein leichtes Gewitter über uns hinweg. Das wird aber keine Auswirkungen auf unsere Pünktlichkeit haben. Wir wünschen Ihnen eine schöne Zeit bei uns.«

Ich sah hinaus. Tatsächlich. Es regnete in Strömen. Und dann blitzte es und ich zuckte vor Schreck zusammen.

Mein Puls beschleunigte sich automatisch. Ich krallte meine Hände in die Stuhllehne und versuchte mich wieder zu beruhigen. Toll! Erst Malcolm. Jetzt dieses Gewitter. Konnte es noch schlimmer kommen?

Ich schloss wieder die Augen, um zur Ruhe zu kommen. Dann begann ich zu zählen. Aber es half nichts. Das Zittern wurde immer größer.

Und dann dachte ich an etwas, dass ich schon ewig nicht mehr zugelassen hatte.

1998
New York

Claire

Es blitzte. Es war laut und ich verkroch mich unter meiner Bettdecke. Dabei weinte ich und konnte mich einfach nicht beruhigen.

»Hör auf, Claire! Ich will endlich schlafen«, meckerte Sissy mich wütend an. Das tat meine Mitbewohnerin die ganze Zeit über. Warum verstand sie nicht, dass mir das Angst machte? Deswegen schluchzte ich weiter in meine Decke.

»Aarrgh. Ich fasse es nicht!«

Ich hörte Decken rascheln.

»Ich hole jetzt Parker.«

»Warum?«, fragte ich nach und schaute unter der Decke hoch zu ihr. Wir schliefen in Etagenbetten und die Zimmer waren ziemlich klein. Hasi war nicht mehr bei mir, weil er vor einer Weile in der Waschmaschine kaputt gewaschen wurde. Aber ich durfte meine Puppen behalten und deswegen war das schon okay so.

»Weil er wissen will, wenn du Angst hast«, antwortete Sissy mir und verließ so leise wie möglich unser Zimmer.

Ich schaute ihr so lange nach, bis der nächste Blitz kam und ich mich wieder unter der Decke versteckte.

Ich zitterte und hoffte, dass es bald vorbei wäre …

Dann hob sich die Decke plötzlich.

»Claire?«

»Malcolm? Ich habe Angst!«

»Das musst du nicht«, sagte er und setzte sich zu mir aufs Bett. Sissy kletterte hoch und legte sich wieder schlafen. »Es ist nur Gewitter, und wir sind hier drin geschützt. Uns kann nichts passieren.«

Ich versuchte, ihm wirklich zu glauben. Malcolm log mich nie an. Aber ich hatte dennoch Angst. Es war so laut.

Ich wimmerte beim nächsten Blitz. Malcolm seufzte.

»Komm, rutsch rüber. Ich habe keine Lust, dass Sissy noch einmal in mein Zimmer kommt. Ich bleibe so lange bei dir, bis du eingeschlafen bist.«

»Wirklich?«

Ich sah ihn im Dunkeln nicken und machte ihm Platz in meinem Bett.

Er legte sich auf die Decke und nahm mich in den Arm. Meine Puppe drückte ich selbst an meine Brust.

»Warum willst du wissen, wenn ich Angst habe?«, fragte ich ihn in der Dunkelheit.

»Damit ich auf dich aufpassen kann, Claire«, antwortete er mit ruhiger Stimme.

Ich lächelte. »Außer Gran hat noch nie jemand auf mich aufgepasst.«

»Dann wird es doch Zeit, dass ich das hier übernehme.«

»Danke«, hauchte ich und schloss langsam die Augen.

GEGENWART

Er hatte das all die Jahre gemacht. Malcolm ließ niemals zu, dass ich während eines Gewitters in der Nacht alleine bleiben musste. Selbst wenn es Gewitter am Tag gab, und wir auch schon auf der Highschool waren, war er da für mich. Ich versteckte mich dann immer in der Bibliothek, und Malcolm hielt mich im Arm oder erzählte mir irgendeine Story, damit ich abgelenkt wurde.

Der Flug verlief reibungslos. Natürlich ignorierte ich die interessierten Blicke der Stewardessen. Vermutlich fragten sie sich, wer ich wohl war. Immerhin hatte mich deren heißgeliebter Pilot angesehen, als wäre ich eine Fata Morgana.

Er war auch überrascht gewesen. Malcolm hatte wohl gedacht, ich säße auf der Straße. Immerhin war ich damals nicht einfach abgehauen.

Die Lampe für das Anschnallen erlosch, nachdem das Flugzeug seine Parkposition erreicht hatte. Ich war schon viele hundert Male geflogen, aber heute war ich wohl noch nie so schnell aufbruchsbereit gewesen, wie jetzt gerade.

Als die Türen geöffnet wurden, rannte ich regelrecht hinaus. Okay, ich lief schneller als gewöhnlich.

»Claire, warte!«

Mist. Mussten Piloten nicht irgendwas erledigen, wenn sie gelandet waren?

Ich blieb ruckartig stehen und seufzte, machte mich bereit, als ich mich umdrehte.

Da stand er also. Malcolm Parker. Der Junge, den ich nicht nur mochte, sondern ...

Ich sah ihn an. Er wirkte selbst etwas unentschlossen. Was zum Teufel hatte er denn für Probleme? Hatte er keine Eier, sich dem zu stellen, dessen er sich vor 12 Jahren nicht gestellt hatte?

Malcolm

»Höhe?«, fragte ich.

»18.808 Fuß«, antwortete Jeffrey mir.

Ich atmete aus. Der Flug lief wie geplant. Wir hatten keine Verzögerung und das Gewitter hatten wir überflogen.

»Gut, dann stelle ich jetzt auf Autopilot.«

»Also, wer ist sie?«, fragte Jeffrey nach. Ich seufzte. Darauf hatte ich gewartet. Da der Autopilot jetzt alles übernahm, dachten meine Kollegen sich wohl, die Begegnung anzusprechen, die ich selbst noch nicht verarbeitet hatte.

»Ja, das würde mich auch interessieren«, meldete sich jetzt auch Lance zu Wort.

»Eine Freundin. Fragerei beendet?«, antwortete ich leicht genervt.

»Eine Freundin?«, fragten mich beide überrascht.

»Aus der Kindheit«, sprach ich weiter.

»Ah, okay. Ich dachte mir schon, dass ich auch gerne SO eine Freundin hätte«, lachte Lance und stand vom Sitz auf. »Ich gehe mal eben auf die Toilette.«

Als er aus dem Cockpit gegangen war, versuchte ich erst einmal durchzuatmen.

»Du siehst aus, als würdest du ihm den Kopf abreißen wollen. Mach dir keine Sorgen, Parker. Ich glaube nicht, dass sie Interesse an ihm hätte«, erklärte Jeffrey mir.

Jeffrey war so alt wie ich, aber bereits verheiratet und Vater von Zwillingen. Er gehörte zu den Piloten, die ihre freie Zeit mit der Familie verbrachten, anstatt in irgendeiner Bar abzuhängen, um Bräute klarzumachen.

»Wie kommst du darauf, dass sie kein Interesse haben könnte?«, fragte ich stattdessen und bekam leicht Panik. Hatte Jeffrey einen Ehering an ihrem Finger gesehen? Ich konnte mich nicht daran erinnern, dass sie einen getragen hatte. Aber darauf geachtet hatte ich auch nicht wirklich.

»Sie wirkt nicht wie eine Frau, die auf Typen wie Lance steht«, redete er weiter und ich wusste sofort, was er meinte.

Claire wiederzusehen, war wie … wie ein verdammtes Feuer, das nie gelöscht wurde. Und dann kam das eiskalte Wasser, als ich ihren Blick erwiderte. Erst schien sie so überrascht wie ich, mich zu sehen. Aber dann wurde ihr Blick kalt wie Eis. Als hätte sie dicht gemacht.

»Egal, was zwischen euch vorgefallen ist, dich scheint es zu beschäftigen.«

Ich sah Jeffrey an.

»Vielleicht könnt ihr jetzt klären, was auch immer damals passiert ist. Und es scheint was passiert zu sein. Keine Frau schaut einen mit so viel Verachtung an, wenn du sie mit Blicken ausziehst.«

»Was habe ich …«

Okay, okay, als sie zu ihrem Platz lief, hatte ich sie angestarrt. Aber Claire war eine verdammt heiße Frau geworden. Die heißeste, die ich jemals gesehen hatte. Immerhin wusste ich, was sie für ein tolles Wesen hatte. Und das Äußere … die 12 Jahre hatten ihr mehr als gut getan.

Jeffrey und ich sprachen nicht weiter darüber. Lance kam zurück und redete mal wieder von seinen Eroberungen letzter Nacht. Vieles hielt hier jeder für heiße Luft, aber dass er ein Schürzenjäger war, war allgemein bekannt.

Als wir landeten, prüften wir alle Gerätschaften, und Jeffrey zeigte schon Richtung Ausgang.

»Wir tanken auf. Es wäre gut, wenn du in einer halben Stunde wieder da wärst.«

Ich lächelte, weil er mir theoretisch keine Befehle geben konnte, aber ich dennoch auf sein Einverständnis hoffte. Ich wollte keinen Ärger bekommen, wenn ich das Flugzeug verließ. Immerhin warteten die nächsten Passagiere schon.

Ich ging aus dem Cockpit und versuchte zu den Sitzen zu sehen. Aber es liefen bereits die Leute hinaus.

Einige Passagiere verabschiedeten sich.

»Ich bin gleich wieder da«, antwortete ich, als ich bemerkte, dass Claire nicht mehr hier war.

Claire lief ganz vorn, als ich sie erreicht hatte.

»Claire, warte!«, rief ich und ignorierte die vielen Blicke der Passagiere, die an uns vorbeigingen.

Sie blieb stehen und drehte sich dann zu mir um. Und dieser Blick hatte es in sich.

Den hatte sie mir damals nicht oft gezeigt, aber wenn, dann war ich in Schwierigkeiten.

Die letzten Passagiere liefen an uns vorbei, als sie plötzlich zu mir kam, um den Abstand zwischen uns zu verringern.

Selbst mit Absätzen war sie immer noch kleiner als ich, und schon damals hatte sie das immer genervt. Und jetzt? Sie sah mich mit diesen stechend grünen Augen an, die mich vor 12 Jahren schon verrückt gemacht hatten.

»Was willst du, Malcolm?« Ich bekam Gänsehaut. Und das nur, weil sie wieder mal die Einzige war, die mich bei meinem Vornamen nannte. »Über die letzten 12 Jahre reden? Kein Interesse.«

»Okay, du bist also sauer«, stellte ich fest und wäre fast schon belustigt, wenn Claire nicht so ernst schauen würde.

Sie trug ihr Haar etwas kürzer. Im Waisenhaus hatte sie auch kaum die Möglichkeiten, sie sich schneiden zu lassen. Heute trug sie leicht gewelltes Haar, war geschminkt und roch nach Geld. Sie lief auch so. Selbstbewusst und distanziert.

»Sauer?«, fragte sie ungläubig. »Sauer war ich, als du ohne ein einziges Wort abgehauen bist. Jetzt bin ich einfach genervt, weil ich noch einen Termin habe, aber von dir aufgehalten werde, um mich mit Dingen auseinanderzusetzen, die mich null interessieren.«

»Du hast dich verändert«, stellte ich nüchtern fest. Warum auch nicht? Wir waren beide erwachsen geworden. Dass sie nicht mehr das 15-jährige Mädchen von früher war, hätte ich wissen müssen.

Der 18-jährige Malcolm von früher stand auch nicht mehr vor ihr.

»Und du lebst. Auch eine Information, die mich so manche Nacht beruhigt hätte«, klärte sie mich wütend auf.

Sie war also nicht sauer? O-okay.

»Du kennst nicht ...«, wollte ich ansetzen, aber sie hob die Hand. Dann seufzte sie.

»Ich habe wirklich keine Zeit für diesen Unsinn. Du lebst dein Leben, ich meines. Das muss genügen.«

Sie sah mir für einen Moment in die Augen, und ich wusste zum allerersten Mal nicht, was ich darauf antworten sollte. Ihr Blick hatte mich früher schon oft verstummen lassen. Claire ging ohne ein weiteres Wort. Diesmal ließ ich sie laufen.

Claire

Ich funktionierte die nächsten Stunden nur noch und deswegen war ich auch heilfroh, dass der Termin mit dem CEO erst morgen früh angedacht war.

Meine Konzentration ging gegen null und ich war erleichtert, dass es eine Bar in diesem Hotel gab. Wie eine Idiotin, die absolut keine Ahnung hatte, wie sie mit dieser Sache namens Malcolm Parker umgehen sollte, saß ich an der Bar und starrte meinen Martini an.

Und das Lächerliche an dieser Sache war, dass ich ihn nie wiedersehen würde. Der Junge, der mir damals alles bedeutet hatte ... der Junge, der mich beschützt hatte. Ausgerechnet dem hatte ich klargemacht, dass es nichts zu besprechen gab. War das verrückt? Ja, vermutlich. Aber worauf würde dieses Wiedersehen hinauslaufen?

Wir hatten uns 12 Jahre nicht mehr gesehen. So wie es aussah, hatten wir uns beide in dieser Zeit verändert. Von dem Malcolm, der gerne zerschlissene Jeans und ein Shirt trug, war kaum noch etwas zu sehen. Und auch ich war nicht mehr dieselbe.

Man konnte nicht wieder dort anfangen, wo es geendet hatte. Niemals.

»Darf ich mich setzen?«

Ungläubig sah ich Malcolm an, der etwas unschlüssig neben mir stand. Er trug immer noch seine Uniform, aber der lange Mantel verbarg dies etwas.

»Woher zum ...«, wollte ich ihn fragen, aber er hob die Hand und fegte meine Bemerkung imaginär weg.

»Eine Stewardess hat deine Unterlagen gesehen. Darunter fand sich auch der Name deines Hotels.«

Ich schnaubte. »Das war also das letzte Mal, dass ich meine Sachen im Flugzeug einfach auf dem Tisch liegen lasse. Wie könnte ich auch meinen, eine Privatsphäre an Bord zu genießen.« Meine Wut war nur gespielt. Und auch Malcolm hatte es sicherlich bemerkt. Er schmunzelte leicht, als er sich dann zu mir setzte.

Er war tatsächlich hier.

»Diese Information war nicht kostenlos.«

»Du musstest dafür bezahlen?«, hakte ich neugierig nach.

Er seufzte und fuhr sich durch sein kurzes Haar. Früher trug er es noch kürzer, jetzt hatte er es an der Stirn so lang, dass ihm ein paar Strähnchen über die Stirn fielen.

»Nächstes Wochenende muss ich Lydia und ihren Verlobten rüber nach Kuba fliegen.«

»Wie denn das?«

»Ein Freund besitzt ein kleines Flugzeug. Damit kann ich dann immer ...«

»Du hast deinen Traum wirklich erfüllen können«, stellte ich nachdenklich fest. »Du bist Pilot geworden.«

Malcolm nickte, während wir uns ansahen. Bevor ich weiter sein markantes Gesicht bewunderte, starrte ich lieber wieder auf meinen Drink.

»Claire, ich ... musste gehen.«

Ich schnaubte verächtlich. »Das habe ich mir am Anfang auch immer gesagt. Malcolm ist gegangen, Claire. Akzeptiere das. Er würde dich nicht einfach hierlassen, wenn es nicht wichtig gewesen wäre.«

»Das stimmt«, antwortete er beharrlich.

»Aber dann ... dann dachte ich mir nur: Warum hat er nicht »auf Wiedersehen« gesagt. Wieso kam nie eine Nachricht? Manche meinten sogar, dass du tot seist. Abgeknallt von irgendeiner Gang oder ... keine Ahnung. Eine Nachricht hätte gereicht, Malcolm. Eine einzige ...«

»Ich weiß, ich hätte mich melden sollen, aber ...«

»Was willst du, Malcolm? Im Ernst. Warum bist du hier? Weil du dich entschuldigen willst? Wofür? Die 12 Jahre Ungewissheit kannst du mir nicht mehr nehmen.«

Ich schaute ihn wieder an und konnte vieles aus seinem Gesicht ablesen. Entschlossenheit, Schuld, Trauer ... Aber war das wirklich Malcolm? Schon damals dachte ich, ihn zu kennen. Und wurde bitterlich enttäuscht.

»Weil du Claire bist. Meine Claire«, antwortete er plötzlich und sah mich an. Malcolms Augen waren immer noch so dunkel wie die Nacht. Nur diesmal wirkten sie noch glanzloser als damals schon.

»Die Zeiten sind vorbei.« Und ich meinte das wirklich ernst. Ich war keine 15 mehr. Ich war nicht mehr das kleine unschuldige Ding, das er zurückgelassen hatte.

»Glaube ich nicht«, antwortete er mit so einer ernsten Stimme, dass ich ihn überrascht ansah. »Wer ist Simon?«

Seine Frage beendete unseren Blickkontakt. Ich zuckte regelrecht zusammen, als ich das Handy auf dem Bartresen klingen hörte. Groß und hell leuchtete Simons Name auf.

»Mein Boss«, antwortete ich und nahm schnell ab. Eigentlich hatte ich Simon versprochen anzurufen. Jetzt tat er es.

»Hey«, antwortete ich und wusste, dass das die falsche Anrede war. Malcolms Augen verengten sich leicht, deswegen drehte ich mich leicht von ihm weg.

»Alles in Ordnung bei dir? Du wolltest anrufen.« Simons Besorgnis versetzte mir einen Stich. Ich wollte ihm weder Angst noch irgendwas anderes machen. Aber ehrlich gesagt, hatte ich ihn völlig vergessen.

»Ja, sorry. Ich hatte es total vergessen, dich anzurufen.«

Simon seufzte auf. »Okay. Sonst alles gut bei dir?«

»Ja, natürlich. Kann ich dich vielleicht gleich zurückrufen?«, fragte ich ihn und fühlte mich dank Malcolms Blick hinter meinem Rücken total unbehaglich.

»Sicher. Bis nachher.«

Er legte auf und ich holte erst mal wieder tief Luft.

Das war doch lächerlich. Warum fühlte ich mich gerade bei irgendwas erwischt? Sogar ein schlechtes Gewissen brannte sich in meine Eingeweide.

»Simon ist also dein Boss«, stellte er fest und konnte sich seinen spöttischen Tonfall gleich sparen.

»Dein Ton gefällt mir nicht«, stellte ich klar und legte mein Handy wieder auf den Tresen.

»Du bist hier diejenige, die mir weismachen will, dass Simon ‚nur‘ dein Boss ist«, sprach er und unterdrückte einen wütenden Ton.

Okay. Was war das jetzt hier?

»Du willst doch jetzt nicht wieder den großen Bruder markieren, oder? Nicht, nachdem wir uns 12 Jahre nicht gesehen haben, und erst vor 5 Minuten Wiedersehen gefeiert haben.« Diesmal war der Spott beim Wort »Wiedersehen« nicht zu überhören.

»Oh, glaub mir, das hat nichts damit zu tun, dass ...«, begann er, aber ich kannte das zur Genüge. So lief das immer ab. Jedem Jungen, der mir zu nahe gekommen war, hatte Malcolm eine Lektion erteilt.

Ich stand genervt auf. »Ich bin kein Teenager mehr, Malcolm, und schon gar kein kleines Mädchen mehr«, stellte ich klar und bemerkte Malcolms Blick, der mich von oben bis unten musterte. Ich trug noch immer meine Klamotten von vorhin. Bleistiftrock und Bluse.

»Damals habe ich jedem Elternpaar eine Abfuhr erteilt, wenn ich gesehen habe, was sie wirklich von mir wollten. Erinnerst du dich?« Malcolms Augen wurden kleiner. Er wusste, was ich meinte. Ich konnte mich noch ganz genau an die Eltern erinnern, die Interesse daran hatten, mich zu adoptieren. Ich war nicht dumm gewesen, der Blick der meisten Männer glitt viel zu intensiv über meinen Körper. Ein anderes Pärchen interessierte sich nur ständig für das Pflegegeld, das man kassieren würde. Jedes Mal war es eine Enttäuschung für mich gewesen, aber je älter man wurde, umso weniger wurde man interessant für potenzielle Eltern.

»Und ob du es glaubst oder nicht. Ich habe Sex.«

War er gerade zusammengezuckt? »Also komm mir nicht damit, mir jetzt Simon auszureden. Du kennst ihn nicht.«

Malcolm schnaubte. »Er ist dein Boss. Das genügt mir.«

»Und du hast mit Mrs. Waters Tochter gevögelt! Die Nichte vom Direx unserer Highschool musste auch dran glauben, und warte ... es gab auch Gerüchte, dass du es mit seiner Frau ...«

Malcolm seufzte genervt. War ihm das tatsächlich jetzt peinlich? Tja, Pech gehabt.

»Nur weil ich ein schwanzgesteuerter Idiot war, heißt das noch lange nicht, dass du ...«

»Oh Gott, befinden wir uns wieder auf der Highschool?«, fragte ich entnervt nach. »Das ist zig Jahre her.«

»Ich kann mich aber noch genau erinnern«, murmelte Malcolm. Nachdenklich sah ich ihn an.

»Woran?«

Malcolms Blick traf meinen. »Egal.«

»So gerne ich hier auch weiter sitzen möchte. Ich muss auf mein Zimmer«, sprach ich und wollte jetzt nur noch weg hier.

Malcolm ging mir zu nah. Zehn Minuten mit ihm und viel zu viele Gefühle traten wieder an die Oberfläche. Das wollte und konnte ich mir nicht erlauben.

»Klar, ich muss auch wieder zurück zum Flughafen.«

»Du lebst in Boston?«, hakte ich nach.

»Wie du«, antwortete er. Ich nickte und wieder sahen wir uns einen Moment an. »Ich wohne an der Stuart Street in Bay Village.«

Dabei wartete er genau meine Reaktion ab, die ich ihm auch sofort gab. Ich atmete die Luft erschrocken ein. Das waren vielleicht sechs Blocks von mir entfernt, und so wie er mich ansah, wusste er das auch ganz genau.

»Lydia hat auch rausgefunden ...«, begann Malcolm seine Erklärung, aber ich wehrte diese mit einer Handbewegung ab.

»Schon klar. Ich nehme an, wir werden uns wiedersehen«, sprach ich, stand auf und griff mir mein Handy. Auch wenn ich so genervt wie möglich klingen wollte, wusste Malcolm ganz genau, dass ich ganz anders darüber dachte.

»Vermutlich. Gute Nacht, Claire.«

»Nacht.«

Ich sah ihn weder an, noch schaute ich zurück, als ich die Bar verließ, durch die Lobby lief und in den Lift eintrat.

Seufzend schloss ich die Augen, als ich mich an die Wand lehnte.

2003
New York

Claire

»Er sieht dich schon wieder an, Claire«, kicherte Betsy und blinzelte in die Richtung, in der mein Highschool-Schwarm Paul Mensukitz sich befand. Er saß immer in den Pausen auf der anderen Seite der Mensa.

Betsy und ich waren Freunde geworden, seitdem wir auf die Highschool gingen. Seit drei Monaten gingen wir durch dick und dünn. Meine erste Freundin konnte man also sagen.

»Oho«, murmelte sie plötzlich und versetzte mir einen Stich.

»Was denn?« Ich traute mich nicht, mich umzusehen. Paul sollte nicht denken, dass ich wusste, wenn er mich anstarrte.

»Na ja, also … Parker ist gerade dabei …«

Hastig und voller Panik drehte ich mich um - und tatsächlich: Er tat es schon wieder.

Malcolm stand vor Paul und redete auf ihn ein. So wie sich Pauls Ausdruck veränderte, war klar, worauf das hinauslaufen würde.

»Das tut er nicht schon wieder«, seufzte ich fast schon verzweifelt.

Pauls Blick schoss kurz zu mir, dann aber hatte Malcolm ihn am Kragen seines Hemdes gepackt und schleuderte ihn an die nächste Wand.

»Oh Mann, der zeigt Paul, wo der Hammer hängt.«
Betsy gab dabei noch ein verträumtes Seufzen von sich.
Denn sie war unsterblich in Malcolm verliebt, wie die
meisten Mädels, die etwas für Bad Boys übrig hatten. Zumindest gab er allen anderen genau dieses Bild von sich.

Ich sah aber den wirklichen Malcolm. Den, der mit
mir zusammen die Hausaufgaben erledigte. Der mich
abends niemals allein nach Hause laufen lassen würde
und der ... lachen konnte, wenn wir allein waren.

Aber gerade wollte selbst ich ihm eine verpassen.

Ohne zu überlegen, lief ich los.

»Malcolm! Lass ihn los!«, rief ich durch die Mensa.
Längst hatten wir alle Aufmerksamkeit auf uns ge-
lenkt. Das passte natürlich wunderbar. Ich war gerade
mal drei Monate auf der Highschool und schon zog
ich alle Blicke auf mich. Toll.

Malcolm drehte sich zu mir um, ließ Paul los, flüsterte
ihm aber noch etwas zu, sodass er aus der Mensa rannte.

Fassungslos sah ich ihm nach.

»Was für ein Loser«, grinste Malcolm, und schien
wirklich stolz auf sich zu sein.

Na, wunderbar! Malcolm hatte ihn vergrault, und
Paul gab ihm noch die Bestätigung, alles richtig gemacht zu haben, weil er wie ein Mädchen davon-
rannte.

Ich spürte jeden einzelnen Blick auf uns ruhen, deswegen zog ich an seinem Handgelenk.

»Mitkommen!«

»Wow, Moment mal.« Ich ignorierte sein Gerede
und zog ihn in die Mädchenkabine. »Was soll das
werden? Wenn die dich mit mir hier erwischen, dann
denken alle ...«

Als ich jede einzelne Kabine leer vorfand, brüllte ich wütend herum.

»Ganz richtig! Du bist die männliche Hure der Schule und legst jedes Mädchen flach, das hübsch genug für dich ist. Und ich? Ich darf nicht davon träumen, dass ein Junge wie Paul mich toll finden könnte?«

Malcolm stand angelehnt an einem der heruntergekommenen Waschbecken.

»Also erst einmal, tue ich nichts, was die Mädchen nicht wollen.«

»Oh bitte, und das macht dich jetzt zu was? Einem Samariter?«, schnaubte ich. »Wenn Paul mich fragen würde, dann ...«

»Was dann?«, brüllte er mich plötzlich an und seine gelassene Haltung war dahin. »Der Penner ist fast 18! Weißt du, was 18-jährige Typen wie der wollen? Sicher nicht nur ein bisschen fummeln! Er erwartet mehr!«

»Nur weil du deine Hose nicht anlassen kannst, trifft das noch lange nicht auf alle Jungs zu. Wenn ich nämlich dich als Beispiel für alle nehmen würde, würden wir irgendwann aussterben!«, konterte ich und meinte das absolut ernst.

Malcolm hatte noch nie eine feste Freundin gehabt. Vermutlich wusste er nicht mal, wie das überhaupt geschrieben wurde. Ich hörte immer nur von Mädchen, die am Ende weinten, wenn sie hörten, dass Malcolm absolut keinen Bock auf etwas Festes hatte.

»Ich versuche dich nur zu beschützen, Claire«, sprach er immer noch mit dieser Wut im Bauch. »Du sorgst nur dafür, dass ich mich noch in eine alte Jungfer verwandle. Ich bin kein kleines Mädchen mehr ...«

»Du bist 13, verdammt noch mal!«, funkte er mir dazwischen, als wäre das, die Begründung für alles.

»Ich bin 13 und will endlich mal geküsst werden. So schwer, das zu verstehen? Ich weiß, dass du schon mit 12 das erste Mal …«

»Okay, das reicht jetzt!« Malcolm murmelte etwas vor sich hin, dann kam er auf mich zu, griff meine Oberarme und küsste mich.

Ich war so perplex, dass ich nicht mal reagierte. Als er sich von mir löste, verzog sich seine Stirn in viele einzelne Falten. Dann räusperte er sich und ließ mich los.

»Das wäre erledigt. Ich hoffe, dass du mir dann endlich weniger Arbeit machen wirst.«

Malcolm ließ mich mit meinen widersprüchlichen Gefühlen allein zurück.

Malcolm

Ich erinnerte mich noch genau an den Zeitpunkt, an dem ich wusste, dass Claire nicht nur die Kerle um mich herum verrückt machte. Als ich ihr damals diesen ersten Kuss gegeben hatte, fühlte ich es schon. Meine kleine Claire würde mir Schwierigkeiten machen. Nicht die Schwierigkeiten, die ich die ganze Zeit über gehabt hatte. Sie von irgendwelchen Idioten fernzuhalten, war da das kleinste Problem. Sie von mir und meinen Hormonen fernzuhalten, war ... shit, wenn ich mir nicht immer eingeredet hätte, wie jung sie doch gewesen war, hätte ich genau das getan, was ich mit allen getan hätte.

Und da hatten wir es ja. Claire war schon immer der Grund gewesen, dass ich wenigstens irgendwas Gutes hinbekam. Sie war mein Stern, meine Hoffnung auf ein besseres, ein schöneres Leben. Was sollte sich ein Waisenkind, das nichts anderes kannte als Enttäuschung und Einsamkeit, sonst wünschen? Und Claire hatte mir damals eine Menge Wünsche erfüllt. Ich gehörte zu jemandem. Ich bedeutete jemandem etwas.

»Okay, das reicht. Ich bin fertig für heute. Lass mich hier sterben«, stöhnte John und ließ sich ins Gras fallen.

Heute hatten wir wieder unsere morgendliche Joggingrunde, und wieder machte er kurz vor Ende schlapp.

»Ach, komm schon, Mann. Nur noch zwei Meilen«, feuerte ich ihn an.

»Vergiss es. Ich sterbe hier, du rennst weiter. Alles bestens.«

Ich schüttelte den Kopf, lief auf die Wiese und hielt ihm meine Hand hin.

»Wir können natürlich auch reden.« John musterte mich völlig außer Atem. »Ein Vögelchen hat gezwitschert, dass dich ein Passagier ganz schön durcheinandergebracht hat.«

Ich verdrehte die Augen. Das waren die Nachteile, wenn es so viele Frauen gab, die für die Airline arbeiteten. Ich vermutete, es war Lydia gewesen, die ihn informiert hatte. John ergriff meine Hand.

»Du hast recht.« Ich ließ seine Hand los, und er flog wieder zu Boden. »Du solltest hier lieber in Ruhe sterben.«

»Ach, komm schon. Du sollst Sabber im Gesicht gehabt haben. Sie muss also wirklich eine Granate gewesen sein.«

»Rede nicht so von Claire«, stellte ich klar.

John wirkte überrascht. Ich nicht. So reagierte ich immer, wenn man über sie sprach. Und es war nicht überraschend, dass ich wieder diesen Beschützerinstinkt verspürte. Es war, als wäre dieser nie fort gewesen. Vermutlich war er das auch nicht. Nur Claire war es. Für 12 lange Jahre.

Vor zwei Tagen war ich zu ihr ins Hotel gegangen. Mittlerweile sollte sie wieder hier sein, dachte ich.

Aber was würde ich ihr sagen? Dass sie recht hatte? 12 Jahre konnte man nicht einfach vergessen, aber vielleicht würde sie das alles besser verstehen, würde sie die Wahrheit kennen. Aber genau das wollte ich ja all die Jahre verhindern. Ein kleiner Teil von mir war stolz darauf, Claire die ganze Zeit über da rausgehalten zu haben. Der andere Teil war einfach sauer, dass er es getan hatte. So ließ ich sie im Stich. Ich ließ zu, dass wir beide getrennte Wege gingen.

»Claire ... ein schöner Name. Also, was hat es auf sich mit der Frau? Eine Ex oder was Neues? Immerhin fliegst du Lydia und ihren Kerl nach Kuba. Da muss sie etwas Besonderes sein«, erklärte John und stand stöhnend auf.

Wieder seufzte ich. Diese Klatsch-Airline!

»Glaubst du mir, wenn ich dir sage, sie ist 'ne entfernte Cousine?«

John schnaubte, und wir begannen jetzt langsam den restlichen Weg durch den Park zu gehen.

Es war noch früh am Morgen. Ein paar Hundebesitzer kamen uns entgegen, das war es aber auch schon.

Vor allem, da ich jetzt wusste, dass Claire in derselben Stadt wie ich lebte, vermutete oder besser hoffte ich, sie an jeder nächsten Ecke zu sehen.

»Wir sind zusammen im Waisenhaus aufgewachsen.«

John wusste, dass ich nicht in einer typisch-amerikanischen Familie groß geworden war. Aber er wusste nichts von Claire.

»Damals habe ich Mist gebaut, mich für eine Seite entschieden und musste verschwinden.«

»Ah, und lass mich raten. Du hast ihr nie etwas davon erzählt.«

»Ich habe mich nicht von ihr verabschiedet«, fügte ich schnell hinzu.

John nickte ernst. »Verstehe. Und jetzt ... ist sie sauer?«

»Ja, und ich kann das nachvollziehen. Immerhin habe ich auch geglaubt, ihr nie wieder zu begegnen. Ich lebte mein Leben, sie ihres.«

»Ach, komm schon, Alter«, schnaubte John. »Dein Leben bestand aus dem Fliegen und daraus, fremde Frauen zu vögeln und sie schnell wieder loszuwerden. Für den Anfang vielleicht reizvoll, aber du hast schon eine ganze Weile den ganzen Scheiß satt.«

Ich war überrascht von seiner Meinung. Immerhin lebte er wie ich. Dennoch war seine Ansicht nicht zu ignorieren. Ich suchte schon seit Langem den Sinn dahinter.

Ich besaß Geld, hatte einen tollen Job und ... konnte machen, was ich wollte. Aber so langsam ging mir das nur noch auf den Geist. Es musste doch mehr als das geben, oder? Mehr als den Drang, Geld zu machen und zwanglosem Sex nachzujagen.

»Triffst du sie bald wieder?«, hakte John nach und stellte sich an einem mobilen Kaffeestand an.

»Keine Ahnung«, antwortete ich ausweichend.

Im Grunde fragte ich mich das seit zwei Tagen. Sollte ich sie besuchen, oder nicht? Was würde sie sagen? Und wer wäre bei ihr? Immerhin schien sie mit diesem Simon zusammen zu sein. Sex hatten sie, da war ich mir absolut sicher. Und wäre das vor 12 Jahren der Fall gewesen, als ich noch da war, wäre Simon schon wieder Geschichte. Der Kerl war niemals im Leben gut genug für sie.

»Vielleicht ist sie ja die Richtige ... soll es ja tatsächlich geben«, murmelte John vor sich hin und wartete, dass die drei Leute vor ihm endlich bedient wurden.

»Claire ist so was wie eine Schwester für mich und sie hat einen Freund. Ihren Boss, Simon.« Ich presste meinen Kiefer zusammen.

»Oh ja, so hört sich ein besorgter Bruder an«, antwortete John lachend und schüttelte den Kopf. »Dich stört es also, dass sie es mit ihrem Boss treibt. Immer wieder. Wild. Hemmungs ...«

»Ja, schon gut. Mich pisst es an! Das ist es doch, was du mir sagen willst, oder? Mich stört es. Das stimmt. Ich könnte kotzen, wenn ich daran denke. Aber das liegt nur daran, weil Claire damals für Männer noch viel zu jung war und ...« Wo war ich gerade? Ich verlor völlig den Faden.

Johns belustigte Miene half mir da jetzt auch nicht weiter.

»Was denn jetzt? War sie wie deine Schwester oder ist sie es?«, hakte er vorsichtig nach.

»Was weiß ich denn!«, murmelte ich und fuhr mir durch mein schweißnasses Haar.

»Na, das ist schon ein wichtiger Bestandteil eurer Beziehung.«

»Welche Beziehung? Claire hat mir ziemlich klar verdeutlicht, wie wenig es mich angeht, mit wem sie was macht.«

»Hat sie das? Interessant.« John schien in seine eigenen Gedanken vertieft.

»Und was soll das jetzt heißen?«

»Also, ihr trefft euch auf ihrem Flug wieder.« Ich nickte, als er begann aufzuzählen.

»Sie ist sauer auf dich, weil du einfach verschwunden bist.« Ich nickte wieder widerwillig. Den Mist hatten wir doch gerade durchgekaut. John zählte weiter auf. »Und das einzige Thema, das du kennst, ist die Diskussion über ihr Sexleben.« Claire sollte kein Sexleben haben! Also ... die damals 15-jährige Claire. Jetzt war sie es nicht mehr! Mann, diese Frau brachte mich noch um den Verstand.

»So war das nicht. Ich bin am Abend zu ihr ins Hotel. Sie saß an der Bar, dieser Simon rief an und ...«

John schüttelte wieder den Kopf, als er der Verkäuferin seine Bestellung nannte. Er zahlte, bekam den Becher gereicht und wir liefen dann weiter.

»Okay, warte. Du bist dir absolut sicher, dass da nichts zwischen euch läuft?«

Obwohl John mehr als überrascht klang, nickte ich. So war es ja. Claire und mich verband einfach unsere Kindheit.

»Ich wusste ja, dass du emotional gesehen wirklich nicht die hellste Kerze auf der Torte bist, aber ...« John holte einmal tief Luft. »Bist du wirklich so dumm?«

Irritiert sah ich ihn an.

»Ich kenne Claire nicht, aber ich kenne dich. Und in den letzten Jahren, die wir uns jetzt kennen, gab es keine Frau, die dich lang genug interessierte. Selbst der Nachname war meist schon vergessen, da hast du bereits neues Material gesucht. Aber Claire? Da siehst du sie nach so langer Zeit und machst ihr bereits Vorwürfe, weil sie in einer Beziehung ist. Ich meine, ...«

»Sie ist nicht mit dem Typen zusammen«, stellte ich klar, zuckte aber dann zusammen, weil ich gerade etwas annahm, von dem ich gar nicht wusste, ob das stimmte. Vielleicht war dieser Simon ihr fester Freund gewesen.

»Ich glaube, diese Claire ist genau das, was du brauchst, um aus deinem Loch zu kommen.«

»Claire ist nicht ...«

»Ja, gut. Sie ist deine Schwester«, schnaubte John und verdrehte die Augen. »Und ich bin unsterblich in meinen letzten One-Night-Stand verliebt und will zwei Kinder mit ihr. Siehst du? Selbstbeschiss klappt auch bei mir.«

John lief weiter, während ich über seine letzten Worte nachdachte.

Claire

»Ich bin wieder da!«, rief ich in die Wohnung und schloss die Tür.

»Howdy!«, rief meine Mitbewohnerin mir zu.

Als ich das College beendete, merkte ich, dass ich nicht allein leben wollte. Und da traf ich Claudia. Damals war sie frisch aus Deutschland ausgewandert. Heute war sie immer noch die Deutsche mit zu viel Egozentrik. Aber ich mochte sie. Ohne sie würde es hier nämlich ziemlich langweilig werden.

Ich fand Claudia im Wohnzimmer vor. Sie schaute sich gerade irgendeine Talkshow an.

»Wir sind nicht in Texas«, antwortete ich ihr.

Claudia hatte ein Problem, seit sie hier in den Staaten war. Einige zurückgebliebene Amerikaner meinten nämlich, in Deutschland würden alle nur Lederhose und Dirndl tragen und nur Sauerkraut und Weißwurst essen. Da Claudia aus West-Deutschland kam, fand sie das gar nicht witzig. Vieles, was sie manchmal von sich gab, verstand ich nicht. Aber ich war gerne bereit zu lernen.

Nur leider hatte Claudia es sich zur Aufgabe gemacht, uns Amerikanern mal aufzuzeigen, was für Meinungen die Deutschen über uns hatten.

»Sorry«, sagte sie. »Vorhin fragte Maxwell, einer aus der Rechtsabteilung, ob ich zum Christopher-Street-Day nicht mein Dirndl anziehen möchte. Immerhin hätte ich die sicher in zig Ausführungen. Was ist nur los mit diesem Land?«

Ich schüttelte seufzend den Kopf, stellte meinen Koffer ab und setzte mich auf den Sessel. Direkt Claudia gegenüber.

»Deswegen habe ich bei Amazon gerade Stiefel, eine Holzfällerbluse und 'nen Cowboyhut bestellt. Mal sehen, wie er das findet, wenn ich als Cowboy gehe. Immerhin läuft ja jeder zweite so herum.«

Ich kicherte. »Da bin ich auf Maxwells Gesicht gespannt.«

»Oh ja. Wie war dein Termin in New York? Du siehst müde aus.«

Kein Wunder. Ich hatte kaum geschlafen. Und als ich endlich eingeschlafen war, träumte ich von einem Piloten, der mich mit Blicken auszog.

Claudia sah mich abwartend an. Ich hatte ihr noch gar keine Antwort gegeben.

»Es lief gut. Sie sind von dem Plan überzeugt. Nächste Woche startet der Bau.«

Claudia klatschte vor Freude in die Hände, aber meine eigene Freude hielt sich in Grenzen, und meine hübsche Mitbewohnerin bemerkte es natürlich wieder mal sofort.

Claudia war ein paar Jahre älter als ich. Mit ihren dunklen Haaren war sie genau das Gegenteil von mir. Ich war blond, nicht besonders groß und brauchte Schminke, damit ich rausgehen konnte. Claudia schminkte sich zwar auch, aber sie hatte das nicht nötig.

»Was ist denn los? Dir war der Auftrag doch so wichtig«, stellte Claudia fest.

Ich nickte. Das war er auch. Aber dank Malcolm gab es nur ein Thema, das meine ganze Aufmerksamkeit auf sich zog.

»Ich habe Malcolm getroffen.« Vier Worte, die erst einmal zu Claudia durchdringen mussten. Das war ihr ins Gesicht geschrieben.

»Der Malcolm? Der, der sich ohne ein Wort verpisst hat, dich im Waisenhaus allein zurückgelassen hat, und der sich nie wieder gemeldet hat? Von dem Malcolm sprichst du?«

Claudia zählte die Fakten perfekt auf. Eigentlich hatte ich niemanden von ihm erzählt, aber eines Abends, bei zu viel Tequila, hatte ich das anders gesehen.

Ich nickte ihr bestätigend zu.

»Ach, du Scheiße! Ich hoffe, du hast ihm in die Eier getreten«, sprach sie und ich verdrehte die Augen.

»Ich habe ihm die Meinung gegeigt. Das musste reichen. Er war der Pilot auf dem Flug nach New York. Wenn ich da Ärger gemacht hätte ...«

»Dieser Mistkerl ist Pilot?«, fragte sie ungläubig. »Aber Hauptsache, du denkst, er ist tot. Was für ein Arsch.«

Die Bitterkeit in ihrer Stimme könnte auch meine gewesen sein.

»Er kam in mein Hotel, nachdem ich ihn am Flughafen hab' stehen lassen.«

»Was? Er ist auch noch ein Stalker?«

Ich schüttelte den Kopf. »Er war vermutlich genauso geschockt, mich zu sehen wie ich ihn. Aber dann diskutierte er mit mir herum, weil Simon mich angerufen hat.«

»Na ja, du weißt, was ich darüber denke«, stellte Claudia klar. Ich verdrehte die Augen.

Sie war von Anfang an dagegen, etwas mit Simon anzufangen. Aber es war mein Leben und wer hatte schon etwas gegen Spaß? Ich bestimmt nicht.

Wobei ich so langsam schon den Eindruck bekam, dass die Sache mit Simon zu weit ging. Ich war nicht verliebt, er sah das wohl anders.

»Was wird das jetzt? Bist du jetzt doch für Malcolm? Nur weil er sich wegen Simon aufgeregt hat?«

»Er hat sich also aufgeregt ...«, murmelte sie wieder. »Interessant.«

»Das ist nervig, aber ganz sicher nicht interessant!«, stellte ich klar und stand auf. »Malcolm war 12 Jahre lang weg. Er wollte das so. Jetzt taucht er auf und meint, mir vorschreiben zu müssen, mit wem ich meine Zeit verbringen soll. Malcolm kann mich mal kreuzweise.«

Claudia musterte mich kritisch. »Du, ich bin ganz bei dir nur ... keine Ahnung, du wirkst ziemlich durch den Wind.«

»Ist das ein Wunder? Ich dachte, ich würde ihn nie wiedersehen. Und jetzt weiß ich, dass er sich seinen Traum erfüllt hat, er gesund und munter wirkt und sich aufspielt, als hätte er irgendein Recht, mir etwas vorzuschreiben.«

Wieder musterte sie mich, als würde sie ein Rätsel oder so was lösen wollen.

»Gut«, antwortete sie und zuckte mit der Schulter. »Wenn das alles ist, dann ist das in Ordnung.«

»Und ob das alles ist«, verteidigte ich mich noch einmal und dann verzog ich mich erstmal ins Badezimmer. Ein langes und entspanntes Bad wäre jetzt genau das Richtige.

»Wie wäre es, wenn wir heute mal wieder feiern gehen?«, rief mir plötzlich Miss Couch-Potato herself zu.

Ich wirkte irritiert von ihrem Angebot, aber es war wirklich schon lang her, dass wir zusammen aus waren.

»Was schlägst du vor?«, fragte ich also stattdessen durch die Tür.

»Ich kenne da einen mega guten Szeneclub.«

»Von mir aus. Aber ich will erst einmal duschen!«

»Oh, das wird super!«, antwortete sie mir etwas zu euphorisch.

Und ich sollte recht behalten.

Als wir in diesem besagten Szeneclub ankamen, traute ich meinen Augen kaum. Die Typen hier entsprachen nicht dem üblichen Schönheitsideal. Das musste der Olymp oder so sein. Denn ein Besucher nach dem anderen schaute aus, als wären sie gerade vom Laufsteg oder Fotoshooting gekommen.

»Ähm ... Claudia?«, fragte ich unsicher und lief mit ihr zur Bar. Es war wirklich toll hier. Moderne Einrichtung, tolle Musik. Hatte ich die heißen Besucher schon erwähnt?

»Ich wusste, der Club würde dir gefallen«, grinste Claudia und bestellte für uns zwei Drinks.

Als ein Heidi-Klum-Double an mir vorbei lief, überprüfte ich meine Frisur. Neben denen sah ich vermutlich wie ein graues Mäuschen aus.

»Wow, was für ein Kleid«, sprach Claudia begeistert und sah einer anderen Frau nach, die ... verdammt noch mal einen Gürtel als Kleid verkaufen wollte.

»Man kann praktisch ihren Bauchnabel sehen, Claudia. Und so was nennt sich Kleidung?«, fragte ich sie und zweifelte nicht das erste Mal an ihrem Verstand.

»Nun, sie nennt es Mode«, antwortete sie mir, wirkte aber leicht amüsiert.

»Was ist das hier, Claudia? Du meintest, das wäre ein Szeneclub. Szene wofür? Hollywood 2.0.?« Claudia bedankte sich beim Barkeeper mit einem Zwinkern und nippte an ihrem Martini. Ich nahm meinen Drink und trank auch.

»Na ja, also ... ich habe mir sagen lassen, dass hier United Airlines und ein paar andere Airlines gerne feiern, wenn sie hier nächtigen.«

Ich verschluckte mich nicht nur einmal. Der Martini wollte unbedingt in meine Luftröhre und jetzt wieder hinaus.

»Du hast mich in eine Bar für Piloten und Stewardessen gebracht?«, fragte ich noch mal für ganz Dumme. Vielleicht hatte ich mich auch verhört. Aber nach Claudias Gesichtsausdruck zu schließen, waren das sehr wohl wahre Worte. »Was denkst du dir dabei? Hatte ich dir nicht gesagt, dass Malcolm ...«

»Stopp!«, bat sie mich, und ich hörte auf zu reden, weil ihr Blick alles andere als nett ausschaute. »Seit drei Jahren sehe ich mir das jetzt an. Jeder von den Typen, den du mitgebracht hast, war genauso schnell wieder vergessen, wie er gekommen war.«

»Du tust gerade so, als wären es viele gewesen«, verteidigte ich mich.

»Egal, wen du mitgebracht hast, man konnte sehen, dass sie nie mehr für dich sein könnten, als du ihnen erlaubst zu sein.«

»Na wunderbar«, murmelte ich und trank meinen Martini aus. Und weil sie gerade so schön von meinem Versagen redete, bestellte ich mir noch schnell einen neuen.

Ich stützte mich seufzend an der Theke ab.

»Ich verstehe das. Immerhin haben sie alle Konkurrenz gehabt,« redete sie weiter.

Ich verdrehte die Augen und nahm mehr als dankbar den nächsten Drink an.

»Und du hast mich jetzt in diesen Club geschleppt, weil?«

Ich hoffte so sehr, dass sie jetzt nicht aussprach, was ich dachte.

»Dich konnte ich hierher schleppen, weil du völlig durcheinander bist. Wenn er nur ansatzweise genauso denkt und stur ist, wird er auch versuchen, sich ablenken zu wollen«, stellte Claudia fest und drückte sich mit dem Rücken zur Theke, so als würde sie ihn tatsächlich erkennen können, wenn er hier wäre.

»Das ist doch verrückt. Als ob er hier wäre ...«

Sie zuckte mit der Schulter. »Wenn nicht, dann suchen wir dir hier Ablenkung. Ist ja nicht so, als gebe es kein gefügiges Material«, grinste Claudia und zwinkerte irgendjemandem zu.

»Maxwell hat absolut recht«, murmelte ich und trank meinen zweiten Martini in einem Zug aus.

»Mit was?«, hakte sie nach.

»Im Dirndl würdest du mir besser gefallen.«

Claudia zeigte mir den Mittelfinger. Ich lachte und steckte mir den Zahnstocher mit der Olive in den Mund. Das hätte ich besser lassen sollen. Warum auch immer, aber in dem Moment sah ich hinauf in den ersten Stock. Dort befand sich noch eine Area. Eine Area mit Malcolm Parker im Mittelpunkt.

Er war über das Geländer gebeugt, hielt seinen Drink in der Hand und schaute auf die Tanzfläche.

»Dasch darf dosch nischt wahr schein!«, murmelte ich und kaute auf der Olive herum.

»Was?« Claudia folgte meinem Blick. »Oh, mein Gott. Sag jetzt nicht, dass dieser griechische Gott da oben dein Malcolm ist!«

»Er ist nicht mein Malcolm«, verteidigte ich mich und war froh, dass ich diesmal nicht an der Olive erstickte.

»Süße, wenn du ihn nicht wollen würdest, müsste ich dich zwangseinweisen. Sieh dir all die Weiber mal an. Die sehen, was ich sehe«, erklärte sie mir, als wäre ich wirklich reif für die Klapsmühle. Ich sah mich um und schaute tatsächlich in zig Frauengesichter, die Malcolm auch bemerkt hatten. Einige drückten ihren Ausschnitt zurecht, andere fingen fast an zu sabbern, und wiederum andere stritten sich, wer als Erste nach oben gehen sollte.

Wieder sah ich hoch. Malcolm stand immer noch dort. Er wirkte fast gelangweilt. Wie konnte er das sein, bei den schönen Frauen hier?

Es war wirklich merkwürdig. Die ganzen Jahre war ich ihm nie begegnet.

Und jetzt innerhalb von wenigen Tagen standen wir wieder hier ...

Malcolm erhob sich und drehte sich um, weil ihn eine Frau ansprach.

»Warum sagtest du noch mal, würde er hier sein?«, fragte ich stattdessen und konnte einfach nicht wegsehen, als die brünette Schlampe seinen Rücken streichelte.

»Ach, komm schon, Claire. Sie ist doch nur ...«

Ich drehte mich wieder zur Bar.

»Tequila. Zweimal«, bestellte ich und versuchte mich wieder zu beruhigen. Das war doch kein seltenes

Bild für mich. Damals war er ständig mit irgendwelchen Mädchen zusammen. Und damals juckte mich das auch kaum. Das Wort »kaum« war da ausschlaggebend. Denn je älter wir wurden, umso schwieriger wurde das Ganze. So wie jetzt. Nur dass ich legal trinken konnte, um den Mist nicht weiter zu ertragen.

»Süße, glaubst du, nach der Tequila-Sause 2015 wäre es gut, dass du ausgerechnet das Zeug bestellst?«, fragte sie mich nachdenklich.

»Das ist mehr als zwei Jahre her. Ich überlebe das schon.«

Man servierte mir die zwei Tequilas, und schon beim ersten Shot bereute ich es bereits. Ich verzog das Gesicht, als die Flüssigkeit meine Kehle hinunterrutschte.

»Oh Gott, ist das eklig!«

»Ich habe dich gewarnt«, sprach sie wie eine tadelnde Lehrerin.

»Das ist alles deine Schuld«, stellte ich wütend klar. Gut, dass die Musik so laut war. Niemand konnte unserem Gespräch folgen. Ich sah nach oben, fand Malcolm aber nicht mehr.

»Ach, komm schon, Claire. Die Chance, dass er wirklich hier war, war sehr gering. Ich würde das sogar Schicksal nennen.«

Ich verdrehte die Augen und wurde immer frustrierter, als ich Malcolm und die Schlampe nicht mehr sehen konnte.

»Natürlich ist das Schicksal. Immerhin scheint er mit der Schlampe nach Hause gegangen zu sein. Danke, Claudia. Wieder mal bist du die Einzige, die mir die Augen öffnet.«

Ich hob dankend den nächsten Shot hoch und trank. Diesmal hustete ich mehrmals und kämpfte gegen den Drang an, mich zu übergeben.

Wie viele Shots würde ich wohl brauchen, damit der Mist endlich schmecken würde?

»Geht es?«, fragte meine Mitbewohnerin besorgt nach und klopfte mir auf den Rücken. »Du siehst ziemlich blass aus.«

Sah ich das? Ich blinzelte ein paar Mal, als ich vom Hocker aufstand. Mehrmals holte ich tief Luft.

»Ich glaube, das war zu schnell und zu viel«, redete Claudia weiter, aber ich hoffte einfach, dass mein Magen mitspielte.

»Hey, ihr zwei Hübschen.«

Von der Seite sprach uns ein Kerl an. Ein hübscher Kerl. Ein attraktiver Kerl.

Anzug, keine Krawatte, ein lässiges Lächeln im Gesicht. Wow.

»Hey«, sprach ich und lächelte zurück. Der Alkohol half, um das eigentliche Problem zu ignorieren.

»Ich bin Derek. Lust zu tanzen?«

»Ich bin Claire, meine Mitbewohnerin Claudia ist bereits vergeben. Ich tanze gerne mit dir.« Ich griff nach seiner Hand und zog ihn grinsend mit mir. Claudias Rufe ignorierte ich. Auch ihre merkwürdigen Handzeichen verstand ich nicht. Und schon gar nicht, als sie in eine andere Richtung zeigte. Schulterzuckend konzentrierte ich mich wieder auf Dave, den heißen Kerl. Oder hieß er Derek?

Ich wollte mich gerade umdrehen, damit ich auch wirklich sehen konnte, wohin ich lief, als ich gegen eine breite Brust prallte.

»Hey, du blöder ...«

Der Griff um meine Handgelenke verwunderte mich. Als ich hoch in sein Gesicht sah, erstarrte ich.

»Claire«, sprach er meinen Namen aus, als wäre es eine Warnung.

»Malcolm«, flüsterte ich total schockiert. Eigentlich hatte ich ihn nicht mehr hier im Club erwartet.

Er sah aus, als würde er gleich explodieren. Den Blick kannte ich. Früher war es in seinem jüngeren Gesicht zu finden gewesen. Wut und Eifersucht. Und da der Alkohol langsam wirkte, fing ich an zu kichern.

»Du solltest mal dein Gesicht sehen, zum Schießen!«

»Hast du getrunken?«, fragte er verwirrt und ich nickte weiterhin kichernd.

»Parker? Wer ist das?«

Meine Kicherei war vergessen. Neben ihm stand die Schlampe vom Balkon. Ihre Brüste sprangen tatsächlich fast aus dem Kleid. Ansonsten war sie eine schöne Frau. Sinnliche Lippen, katzenartige Augen. Ich hasste sie sofort.

Ich löste mich von ihm.

»Dave und ich wollten tanzen«, stellte ich klar.

»Derek«, korrigierte der Kerl hinter mir. Ich nickte bestätigend.

Malcolm sah zu mir und dann zu ihm.

»Du bist betrunken. Du wirst mit ihm gar nichts ...«

»Hatten wir das nicht schon mal?«, fragte ich entnervt.

»Und damals habe ich dich auch gerettet«, stellte Malcolm zufrieden fest.

Ich schnaubte. »Ach, bitte. Nur weil du Paul einmal von mir ferngehalten hast, und das noch auf meinem ersten Highschool-Ball, heißt das noch lange nicht ...«

»Du hast ihn dich anfassen lassen?«, fragte er mit gezügelter Wut.

Oh, und wie toll ich mich gerade fand.

Ich verschränkte die Arme vor meiner Brust und grinste.

»Er war mein Erster und wir waren fast ein Jahr lang zusammen.«

»Was?« Malcolm brüllte und ich fühlte mich fabelhaft. Na ja, bis zu der Erkenntnis, dass ich gerade damit geprahlt hatte, mit Paul geschlafen zu haben. Das hatten einige Mädchen im letzten Schuljahr. So toll war es damals also nicht gewesen.

Plötzlich wurde mir unbehaglich. Claudia war dazugestoßen und schaute von mir zu Malcolm. Sie wirkte besorgt.

»Alles gut hier?«

»Natürlich. Ich habe Malcolm nur gerade klargemacht, dass nicht nur er durch die Betten hüpfen kann«, stellte ich klar und funkelte seine Begleitung wütend an.

»Claire …« Er war wütend, aber ich war nicht gewillt, mich weiter mit ihm auseinanderzusetzen.

»Ich will nach Hause«, bat ich Claudia, und die nickte. Innerlich fühlte ich mich weder clever noch besonders glücklich darüber, Malcolm meine Meinung gegeigt zu haben.

Dave, nein Derek, ignorierte ich, als wir durch die Menschenmenge liefen.

»Tut mir leid, dass ich dich hierhin geschleppt habe«, murmelte sie, als wir nach draußen an die frische Luft kamen. Der Alkohol machte sich sofort bemerkbar. Ich stützte mich an der Hauswand ab und holte mehrmals tief Luft.

»Schon gut«, seufzte ich und versuchte meinen Magen irgendwie zu beruhigen.

»Nein, ist es nicht. Ich hatte ja keine Ahnung, dass ... ihr beide, na ja, es ist schwierig, die Funken zu ignorieren, die ihr versprüht, aber ... da ist auch so viel Ungesagtes. Ich hätte mich da nicht einmischen sollen.«

Claudias Einlenken sollte ihr einen Oscar einbringen. Die Frau suchte nämlich immer nur die Probleme bei anderen. Das hier, dieses Eingeständnis jetzt, bedeutete mir sehr viel.

»Mir ist total übel«, jammerte ich.

»Wie viel hat sie getrunken?«

Ich erstarrte, während ich vornübergebeugt am Straßenrand stand.

»Oh nein, du kommst mir nicht in ihre Nähe«, hörte ich Claudia fast schon brüllen.

»Und Sie sind?«, hakte er nach.

»Claires beste Freundin, ihre Mitbewohnerin und die Frau, die die Scherben, die du hinterlassen hast, wieder zusammengekehrt hat. Reicht das als Antwort?«

Ich verdrehte die Augen. Sie musste auch immer so theatralisch sein.

»Okay, Claires beste Freundin. Dann frage ich mich, warum du zulässt, dass sie sich völlig besäuft? Der Club hat einen Ruf, der ...«

»Ja, erzähl weiter, immerhin scheinst du Stammgast zu sein«, rief ich ihm zu und stöhnte wieder herum, als mein Magen anfing zu grummeln.

»Ich war Monate nicht mehr hier, Claire!«, verteidigte er sich, stand aber immer noch etwas von mir entfernt. Claudia ließ ihn - Gott sei Dank - nicht zu mir durch.

»Wer's glaubt«, murmelte ich.

»Du warst es doch, die mit 'nem Typen tanzen wollte, dessen Namen du nicht mal kanntest. Wohin hätte das führen sollen? In die nächste Toilette?«, fragte dieser Mistkerl.

Ich hob wutentbrannt den Kopf und sah ihn an.

»Wie bitte? Du traust dich, ausgerechnet du, mir weismachen zu wollen, dass du hier unschuldig bist? Vergiss es! Du bist hier die männliche Hure. Ich habe die Schlampe doch gesehen. Ein paar Sätze und schon wolltest du wohin mit ihr? Zu dir oder zu ihr? Vermutlich Letzteres, dann kannst du dich besser hinausschleichen. Sie könnte bei dir ja sesshaft werden. Und wir wissen ja beide, dass dich nichts, gar nichts, halten würde! So ist es doch!«

Ich war an ihn herangetreten und holte so schnell Luft, dass ich bald schon vergaß, dass mir übel war.

»Du willst also über uns reden«, stellte er ruhig fest. Zu ruhig.

Ich schnaubte.

»Keine zehn Pferde würden mich hier halten. Mich interessiert es nicht, warum und wieso du gegangen bist. Ehrlich gesagt, hätte mir nichts Besseres passieren können.«

Jetzt übertrieb ich maßlos. Als er gegangen war, war ich erst einmal ein Wrack. Aber das musste er ja nicht wissen.

»Ach, weil der Weg für Paul frei war, oder was?«

»Paul, Johnny, Oli ...«, zuckte ich mit der Schulter.

»Lass das Claire. Früher war es vielleicht noch lustig, mich zu provozieren. Heute ist es gefährlich!«

Das glaubte ich ihm sofort. Der Blick, den er mir jetzt schenkte, war mörderisch. Aber gerade konnte ich mich nicht darauf konzentrieren, denn mein Blick verschwamm kurz, mein Mund fühlte sich wässrig an und dann erbrach ich mich vor seine Füße.

Malcolm

»Das darf doch nicht wahr sein«, murmelte ich, versuchte durch den Mund zu atmen, und hob sie dann in meine Arme.

Claire protestierte nur kurz, dann kuschelte sie sich an meine Schulter und schlief ein.

Ihre Freundin hatte bereits ein Taxi gerufen, in das wir alle einstiegen. Ich würde sie nicht allein mit ihr lassen. Wie sollte diese dürre Freundin es fertig bringen, Claire in die Wohnung zu tragen?

Wir redeten kein Wort im Taxi. Als wir ausgestiegen waren, folgte ich ihr.

Das Apartment der beiden befand sich in einem gepflegten Reihenhaus.

Der Flur sah sauber aus, das Wohnzimmer hübsch eingerichtet. So wie ich das sah, hatten die beiden mindestens 100 Quadratmeter für sich. Es freute mich, dass Claire endlich Platz für sich hatte.

Als wir ihr Zimmer betraten, legte ich sie ins Bett und schaute mir an, wie sie sich automatisch in ihr Kissen schmiegte. Ich lächelte. Das hatte sie damals auch immer gemacht.

»Möchten Sie vielleicht einen Kaffee, oder so was?«

Ich war von der Frage ihrer Mitbewohnerin überrascht, folgte ihr aber, nachdem ich mich kurz in Claires Zimmer umsah. Hier drinnen war alles modern und stilsicher eingerichtet. Sie besaß Geschmack, wie immer, dachte ich mir und schloss leise die Tür.

Ich folgte ihr bis in die Küche.

»Falls Sie jetzt denken, ich würde auf Ihrer Seite stehen, irren Sie sich. Sie sind nicht davongerannt, als sie sich vor Ihren Schuhen übergeben haben. Das bringt Ihnen vielleicht einen Pluspunkt, mehr aber auch nicht«, stellte sie fest und ich nickte. Sie sprach mit einem leichten Akzent.

»Ich wusste nicht, dass es Seiten gibt, auf die man sich schlagen muss.«

Sie drehte sich zu mir um und hob fragend eine Augenbraue. Mann, diese Frau konnte einschüchternd wirken, wenn sie wollte.

»Sie verwirren Claire. Ich finde nicht, dass das gut ist. Nicht, wenn ich sie in diesen Club schleifen musste, damit sie sieht, wie Sie einer anderen schöne Augen machen. Das war nicht der Plan gewesen.«

»Sie hatten einen Plan?«, hakte ich nach und sah sie verwundert an.

»Natürlich hatte ich einen! Immerhin hat sie mir von Ihnen erzählt.«

»Hat sie das?«, fragte ich sie und war auch von dieser Information überrascht. Claire wirkte nicht wie jemand, der mittlerweile über seine Gefühle redete. Früher konnte sie keine Regung, kein Gefühl vor mir verbergen, wollte das aber damals auch nicht. Jetzt sah das ganz anders aus.

»Einmal. Und da spielte Tequila eine große Rolle. Und ich dachte, als sie mir erzählt hat, dass Sie ihr begegnet sind, dass ... keine Ahnung. Vielleicht irre ich mich auch und ihr beide ...«

Claires Mitbewohnerin sprach nicht weiter, und das machte mich wahnsinnig.

»Wir beide was?«, fragte ich neugierig nach.

Eine ganze Weile musterte sie mich. Aber das war jetzt kein flirtender Blick, sie schien mich regelrecht zu durchleuchten. Dann aber nickte sie, als hätte sie ihre Antwort.

»Sie können mich Claudia nennen.«

Jetzt war ich völlig verwirrt.

»Malcolm Parker, aber die meisten nennen mich einfach nur Parker.«

Sie legte den Kopf schief, und hatte wieder diesen nachdenklichen Blick aufgelegt.

»Claire nicht,« stellte Claudia fest.

Ich nickte und fuhr mir durch mein Haar. So langsam wurde dieses Gespräch wirklich merkwürdig.

»Was war das jetzt im Club? Sie hat sich betrunken ...«

Claudia seufzte und nahm sich eine Tasse von dem frischgekochten Kaffee.

»Ehrlich, Malcolm. Wie haben Sie es geschafft, überhaupt Pilot zu werden, wenn Sie diese einfache Gleichung nicht hinbekommen?«

Als ich nichts darauf erwiderte, seufzte sie.

»Was wollten Sie eigentlich mit dieser Frau?«

Verständnislos sah ich sie an.

Claudia hielt sich die Hände vor ihre Brüste. »Doppel D, mehr Schminke als Klamotte am Körper. Die Frau meinte ich.«

Ja, was wollte ich von ihr? Gute Frage. Mir Claire aus dem Kopf vögeln vielleicht? Ich kannte keine richtige Antwort darauf.

»So wird das nichts mit Claire. Sie sehen wirklich toll aus, dunkles, Haar, braune Augen, du bist groß und ... Grieche?« Sie duzte mich auf einmal.

»Ich bin kein Grieche«, stellte ich die Tatsache fest und fragte mich nicht das erste Mal in diesem Gespräch, ob Claudia vielleicht aus einer Irrenanstalt ausgebrochen war.

»Schade. Ich habe eine Schwäche für Südländer«, antwortete sie, machte einen Schmollmund und zuckte dann wieder mit der Schulter. »Jedenfalls solltest du One-Night-Stands sein lassen. Claire steht da überhaupt nicht drauf. Ich auch nicht. Ach was, keine Frau mit Hirn steht drauf. Wahre Worte, Süßer.«

Dann drehte sie sich um und hantierte weiter herum in der Küche.

Ich blickte kurz zu Claires geschlossener Zimmertür. Es war nie meine Absicht gewesen, sie im Club zu treffen. Es war regelrecht ein Schock für mich, sie auf der Tanzfläche gesehen zu haben. Und dann auch noch betrunken und mit diesem Kerl an der Backe.

Eigentlich wollte ich zu Hause bleiben, aber die Decke fiel mir dort auf den Kopf. Also hatte ich die falsche Entscheidung gefällt und wollte Ablenkung. Einerseits war es gut, da ich Claire vor Schlimmerem bewahrt hatte, aber ... diese Konfrontation mit Claire, ihre Schuldzuweisungen und ihre Provokationen. Shit, hätte sie mir nicht vor die Füße gekotzt, hätte ich sie am liebsten in die nächste Ecke verfrachtet und sie stumm geküsst.

Obwohl wir früher unsere Streitigkeiten anders geregelt hatten, wollte ich sie jetzt nur noch besinnungslos küssen. Und das, obwohl ich wusste, dass sie mir dann womöglich die Eier abreißen würde. Was sagte das über mich aus?

Claire war so wichtig für mich. Obwohl wir uns Jahre nicht gesehen hatten, war sie immer ein Teil von mir gewesen. Wenn ich an sie dachte, wusste ich, es gab da jemanden, dem ich mal wichtig war. Das war ein Geschenk. Ein Geschenk, das ich wegen meiner Hormone doch nicht aufgeben durfte. Wir hatten eine zweite Chance bekommen.

»Also, erzähl mal. Ihr zwei seid also zusammen aufgewachsen.«

Sie stellte mir, obwohl ich gar keinen wollte, eine Tasse Kaffee hin.

Warum auch immer, ich setzte mich an die kleine Theke und nahm die Tasse entgegen.

»Wir lebten im gleichen Waisenhaus und ... keine Ahnung, als ihre Gran starb, und sie bei uns auftauchte, wollte ich ihr einfach helfen. Claire hatte etwas Unschuldiges an sich, etwas, das ich nicht mal jetzt erklären könnte.«

»Mmh«, machte Claudia und trank einen Schluck von ihrem Kaffee. »Und sie war wie alt, als du abgehauen bist?«

»15 fast 16«, antwortete ich seufzend.

»Und mit 15 war sie immer noch unschuldig?«

»Natürlich war sie das! Bis dieser Paul sich an sie ranschmiss, als ich weg war. Nicht zu fassen, dass sie sich wirklich auf diesen Penner eingelassen hat.«

Claudia kicherte. »Ich meinte eigentlich nicht diese Art von Unschuld. War sie mit 15 immer noch nicht in der Lage, sich um sich selbst zu kümmern?«

»Oh, das ...« Ich räusperte mich verlegen.

»Es ist wirklich witzig, wie ihr beide aufeinander reagiert. Du hast wie ein eifersüchtiger Ex reagiert, und auch Claire war von deiner Bekanntschaft alles andere als begeistert.«

»Ich bin kein Ex, wir beide waren ... Claire war eifersüchtig?«

Claudia schüttelte den Kopf. »Das wart ihr beide. Aber vermutlich willst du mir jetzt sagen, dass das natürlich nicht der Fall war. Glaub mir, die Leute um euch herum, die nicht in eurer kleinen Blase leben, sehen ganz genau, was da zwischen euch ist.«

»Tatsächlich?«, hakte ich misstrauisch nach.

Claudia nickte entschlossen.

»Na ja, ich muss los. Sorg dafür, dass sie nicht mehr in dem Club auftaucht. Er ist nichts für sie«, stellte ich klar.

»Und Claire ist eine erwachsene Frau, das ist dir schon klar, ne«, antwortete dieses Biest und trank wieder einen Schluck.

»Sie hat heute schon übertrieben, ich glaube ...«

»Und ich glaube, solange sie ungebunden ist, kann sie tun und lassen, was sie will.«

Sie reizte mich.

»Und was ist mit diesem Simon? Dem würde das sicher auch nicht gefallen!«

»Ja, Simon«, seufzte sie und ich hörte nicht viel Sympathie heraus. »Das ist etwas Lockeres, Claire und er können ...«

»Ach, verdammt, ist ja gut. Ich hab's verstanden! Hier, das ist meine Nummer. Sie soll mich anrufen, wenn sie wieder nüchtern ist.«

Ich klatschte ihr meine Visitenkarte auf den Tresen und verließ die Wohnung.

Claire

»Ich sterbe«, murmelte ich und hielt meine Nase in den Kaffee. Der Geruch tat gut, gleichzeitig stand ich aber auch kurz vor dem Kollaps. Trotz Kopfschmerztablette brummte mein Schädel.

»Soll ich noch mal davon anfangen, dass du selbst schuld bist? Wer zum Teufel ist so blöde und trinkt auf nüchternen Magen innerhalb weniger Minuten vier Drinks? Kein Wunder, dass du Malcolm vor die Füße gekotzt hast.«

Allein schon, weil meine Mitbewohnerin ihn wieder erwähnt hatte, stöhnte ich schmerzerfüllt auf.

»Hör auf, mich ständig daran zu erinnern, was ich getan habe. Mir ist das schon peinlich genug.«

»Er hat weder gelacht noch war er wütend deswegen«, stellte Claudia wieder mal fest.

»Und auch das musst du mir nicht immer wieder sagen.«

Ich saß an der Küchentheke und überlegte jetzt, was ich tun sollte. Kotzen oder Sterben? Sterben oder Kotzen? Das war aber auch eine schwierige Entscheidung.

»Doch, einer muss es ja tun. Malcolm hat sich wirklich Sorgen gemacht.«

»Hat er das?«, fragte ich sie, zweifelte aber wirklich daran. Dazu war er doch viel zu wütend auf mich. Das war zumindest meine letzte Erinnerung an ihn.

»Großes Indianerehrenwort«, verkündete Claudia und hob die Hand zum Schwur. »Immerhin hat er mir quasi gedroht, dich nicht noch mal mit in den Club zu nehmen. Es sollte ja nicht noch mal eskalieren. Nein, Moment, seine Worte waren, du solltest nicht mehr dort auftauchen.«

»Das hat er nicht gesagt«, sprach ich völlig perplex. Aber Claudia nickte mit ernster Miene.

»Dieser Mistkerl! Er darf da seine Frauen abschleppen. Und ich? Ich darf nicht mal was trinken!«, redete ich mit mir selbst. Claudias Blick sagte alles. »Ja ja, ich habe es übertrieben. Aber du kennst mich. Das mache ich sonst nicht!«

»Bei dem griechischen Gott, den ich nicht bekommen kann, würde ich auch saufen.«

»Was heißt hier, den ich nicht bekommen kann? Ich will Malcolm nicht!«, stellte ich genervt klar.

»Natürlich nicht. Ich geh duschen. Hier, seine Nummer. Ruf ihn an oder lass es. Ach, weißt du was, lass es lieber. Wer weiß, ob du nicht störst, wenn du jetzt anrufen würdest.«

Claudia gab mir einen Luftkuss und verschwand im Badezimmer. Ich starrte die Visitenkarte mehrere Momente lang an, dann griff ich sie mir und schwor mir, dem Penner zu zeigen, wie gerne ich sonntags störte.

Ich holte zweimal tief Luft, ehe ich die Nummer wählte. Es klingelte viermal, da ging er dann ran.

»Parker.« Ich öffnete den Mund, aber nichts kam heraus. »Oho, du kotzt doch nicht schon wieder«, sprach er. Woher wusste er, dass ich es war?

»Sehr witzig. Mir geht es wieder besser, danke der Nachfrage«, stichelte ich.

Malcolm holte einmal tief Luft. »Das ist gut zu hören.«

Wieder entstand eine Stille, die unangenehm wurde. Was wollte ich ihm eigentlich sagen?

»Claire ...«

Weil ich wirklich Schiss hatte, was jetzt kommen würde, sprach ich schnell.

»Das ist doch total verrückt. Ich meine, wir haben 12 Jahre lang keinen Kontakt gehabt und ...«

»Ich weiß«, antwortete er, und hörte sich viel ruhiger an. »Aber ich würde lügen, wenn ich es nicht schön finden würde, jetzt wieder Kontakt zu dir zu haben.«

»Wirklich?« In mir keimte Hoffnung auf. Vielleicht gab es doch eine Möglichkeit, dass er wieder Teil meines Lebens werden würde?

»Ja, wirklich. Nur musst du dich beim Feiern zurückhalten. Ich kann nicht ruhigen Gewissens zu Hause sitzen und darüber nachdenken, wer sich wieder an dich ranmacht.«

Warum hatte ich nur gedacht, er könnte Teil meines Lebens werden? Malcolm Parker war immer noch derselbe Arsch wie damals.

»Und ich will nicht wissen, wenn du wieder irgendeine hohle Barbie flachlegst. Patt-Situation, würde ich sagen«, machte ich ihm genervt klar.

Malcolm lachte plötzlich. »Stimmt, viel dahinter steckt nie.«

Ich war überrascht über seine Ehrlichkeit. Das hätte ich nicht erwartet.

»Wie geht es deinem Kopf?«, wechselte er plötzlich das Thema.

»Es ging ihm schon mal besser«, seufzte ich und wurde dank Malcolm wieder daran erinnert, wie hundeelend es mir ging.

»Hast du Schmerztabletten da?«

Seine Besorgnis war wirklich süß. Wow. Was dachte ich denn jetzt bitte? Süß? Er wollte doch nur wissen, ob es mir so schlecht ging, wie ich es seiner Meinung nach auch verdient hatte.

»Claudia kümmert sich schon um mich.«

»Deine Mitbewohnerin ist völlig durchgeknallt.«

Ich lachte, weil er recht hatte, und vor allem, weil er das aussprach, was sich normalerweise niemand traute. Aber Malcolm war schon immer so gewesen. Er hatte mir immer sofort seine Meinung gesagt, ob sie mir passte oder nicht.

»Aber da sie nur dein Bestes will, hat sie einen Vertrauensbonus«, sprach er weiter, und überraschte mich wieder.

»Was wird das, Malcolm? Ein Friedensangebot?«

»Es ist der Beginn eines Neuanfangs.«

Ich hörte auf zu atmen. Er wollte wirklich neu anfangen?

»Claire?«

Mir war nicht bewusst, wie sehr mir das gefehlt hatte. Malcolms Stimme, wenn er meinen Namen sagte, ließ mich leicht aufschluchzen. Es waren so viele Jahre gewesen, in denen ich ohne ihn war, dass ich nicht mehr daran geglaubt hatte, Jahre mit ihm zu erleben.

»Das wäre schön, Malcolm.«

Ich hörte ihn ausatmen.

»Aber es gibt Bedingungen. Wenn das funktionieren soll, dann musst du aufhören, nach Simon oder sonst wem zu fragen«, stellte ich klar.

»Sonst wem?«, hakte er schon wieder nach und ich seufzte, sodass er schnell weitersprach. »Okay, okay. Ich versuche, mich zurückzuhalten.«

Er würde es also versuchen. Das war womöglich mehr, als ich jemals von ihm zugestanden bekam.

»Gut. Und ich will nichts von deinen Frauen wissen«, klärte ich ihn noch schnell auf. Vermutlich würde mir dann noch übler werden, als ... als jetzt schon.

»Mach dir keine Sorgen, wirst du nicht«, antwortete er.

Was sollte das denn jetzt bedeuten? Er nahm also an, dass er bald wieder irgendwelche Frauen abschleppte.

Ich spielte mit dem Löffel in meiner Tasse herum.

»Momentan bin ich noch nicht fit genug, aber vielleicht können wir uns auf einen Kaffee treffen?«, stellte ich die Frage in den Raum. Mein Puls schoss in die Höhe, weil er erst nichts daraufhin sagte.

»Kennst du das Café an der Ecke von der First Street?«

Natürlich. Das war nicht mal drei Blocks von mir entfernt.

»Sicher.«

»Wie wäre es mit Dienstag? Da muss ich erst abends zum Flughafen.«

Ich grinste nickend, bemerkte dann aber, dass er das übers Handy ja gar nicht sehen konnte.

»Okay, gegen drei?« Ich würde einfach etwas früher zur Arbeit gehen, damit ich rechtzeitig ins Café kommen konnte.

»Gegen drei«, wiederholte er. »Leg dich wieder hin, Claire. Damit du morgen wieder fit bist.«

»Werde ich tun. Und was machst du heute so?«

Vermutlich hatte er ein Date. Immerhin hatte ich ihm gestern die Nummer mit der Schlampe vermiest.

»Ich treffe mich mit einem Freund zum Joggen. Danach ... mal sehen.«

Mal sehen.

»Alles klar. Bis dann«, verabschiedete ich mich und legte auf.

Mein Schädel brummte nicht mehr so schlimm, aber dieses »Mal sehen« sorgte für ein Magengrummeln.

Malcolm

»Wie, du kommst nicht mit?« Jeffrey, Lance und ich liefen gerade durch den Flughafen. Endlich Feierabend.

»Ich bin echt k.o.«, erklärte ich.

»Wann war er jemals k.o.?«

Jeffrey verdrehte die Augen, weil der auch nur noch ins Bett wollte.

Einige Frauen sahen uns nach, aber die Blicke ignorierten wir alle. Es sei denn, Lance oder ich sahen ein wirklich hübsches Exemplar, das auch nicht abgeneigt war, mit nach Hause zu kommen. Aber heute war ich echt fertig.

»Du wirst das auch allein hinbekommen«, sprach ich und klopfte Lance fest auf die Schulter.

Er sah mich ungläubig an.

»Du meinst das wirklich ernst?«

Lance verdrehte die Augen. Ich nickte, und versuchte dabei so ehrlich wie möglich zu schauen.

»Gute Nacht, Lance.«

Ich folgte Jeffrey weiter, Lance blieb stehen, weil er zur Bar in eine andere Richtung musste.

Die ganze Zeit über spürte ich seinen Blick auf mir ruhen.

»Sprich dich aus, Jeffrey. Bevor du noch platzt,« stellte ich klar.

»Ich frage mich nur, wer du verdammt noch mal bist?«

Ich schüttelte seufzend den Kopf. »So schlimm war ich nun auch nicht,« erklärte ich genervt.

»Sagst du. Ich weiß es besser.«

Wir kamen auf dem Parkplatz an. »Ich habe nur heute abgesagt, das heißt nicht, dass es immer so sein wird«, stellte ich klar und hoffte wirklich, dass ich die Wahrheit sprach. Denn innerlich sah es ganz anders in mir aus.

»Dann wette ich dagegen«, lächelte er und winkte mir noch zu.

Es war 14.58 Uhr, als Claire ins Café hereingelaufen kam. Sie sah sich um, und schon hatten drei Typen den Radar auf sie gerichtet.

Ich hatte bereits zwei Kaffee bestellt und stand an einem Bartisch. Mein Becher verharrte in meiner Hand und fand nicht meine Lippen, weil ich erst mal ihren Anblick aufsaugen musste.

Sie war sicherlich direkt von der Arbeit hierhergekommen. Heute trug sie einen schwarzen Lederrock, High Heels bis zum Universum, und eine lockere, weiße Bluse. Der kurze rote Mantel verbarg nichts von ihren Kurven, und ich fand erst meinen Kopf wieder, als sie zu mir gelaufen kam.

»Hey.«

Sie war nervös.

»Hey«, war meine noch weniger kreative Antwort. Warum zum Teufel sollte ich bei Claire kreativ werden? »Wie waren die ersten zwei Tage?«

»Kaffee«, murmelte sie, griff nach dem Becher und roch erst einmal dran. Ich grinste.

»So schlimm?«

»Frag nicht«, seufzte sie.

»Und wenn doch?«, forderte ich sie heraus. Claires Blick traf meinen, und ich vergaß für einen Moment meinen Namen. Dieses verdammte Grün ... damals hatte es mich schon fast in Schwierigkeiten gebracht, und mit der Claire von heute würde das nur noch schwieriger werden.

»Du forderst es wirklich heraus, oder Mr. Parker?« Ihr Grinsen war spitzbübisch, fast schon flirtend. Aber ich versuchte ruhig zu bleiben und brachte ein »Finden wir es raus« heraus.

»Gut«, seufzte sie und setzte sich. »Die Rechtsabteilung nervt mich seit gestern ununterbrochen mit irgendeinem Müll, der mich nichts angeht. Zwei Projekte sind auf Eis gelegt, weil die CEOs irgendwelche Extrawünsche wollen, die einfach nicht realisierbar sind. Aber wenn eine Frau die Probleme lösen soll, ist das so, als würdest du David gegen Goliath antreten lassen.«

»David hat damals gewonnen, vergiss das nicht«, sprach ich, und versuchte ihr den Stress etwas erträglicher zu machen.

Claire lächelte und ich fühlte mich wie der King. Aber ihr Lachen verblasste wieder ziemlich schnell, als sie mit ihrem Löffel herumspielte.

»Da ist noch was«, stellte ich fest.

Sie sah hoch und ich hoffte, sie würde mir jetzt nicht mit irgendeinem Kerl kommen.

»Ich bin ja nach New York geflogen. Dort ... ist ein größeres Projekt, das wir betreuen. Sie wollen, dass ich nächste Woche für ein paar Tage vor Ort bin.«

Ich wusste sofort, worauf das hinauslief.

»Und du hast riesige Lust dazu,« stellte ich trocken fest.

Claire schnaubte. »Es ist New York, Malcolm!«

»Ich weiß«, antwortete ich und wusste wohl als Einziger, was sie damit meinte.

New York war Sperrzone. Für mich. Für sie. Nicht umsonst lebten wir in Boston. Die Vergangenheit, das Waisenhaus ... wir beide wollten schon damals weg. Das war immer unser Plan gewesen.

Ohne weiter darüber nachzudenken, machte ich ihr einen Vorschlag.

»Nächste Woche habe ich fast die ganze Woche Flüge nach New York. Wenn du willst, dann ... kann ich mitkommen.«

Ungläubig schaute sie mich an. Es war witzig, wenn sie nicht mal bemerkte, wie sie sich wieder in meine kleine Claire verwandelte. Das tat sie nur, wenn sie keine Kontrolle über ihre Verfassung hatte. So wie jetzt.

»Du meinst das wirklich ernst?«

Warum stellte das jeder infrage? Erst mein Arbeitskollege. Jetzt Claire.

»Ich würde es nicht anbieten, wenn ich es nicht ernst meinen würde, Claire«, antwortete ich ehrlich und trank einen Schluck von meinem Kaffee.

»Das ist nett von dir«, sprach sie und wirkte wieder leicht neben sich. »Aber das musst du nicht. Ich komme schon zurecht.«

Kam sie das wirklich? Es war nicht das erste Mal, dass ich ihre ganze Erscheinung für genau das hielt: Eine Fassade. Sie war noch immer meine kleine Claire, das hatte sie mir mehrmals bewiesen, als sie das Feuer herausließ, wenn wir stritten.

Man könnte jetzt meinen, sie wäre älter geworden und hätte sich verändert. Aber diesen kühlen Geschäftsfrauenmodus konnte sie einem anderen vorspielen.

»Mein Angebot steht«, machte ich ihr noch einmal klar.

Ihre Schultern hoben sich wieder etwas und sie verschränkte die Arme vor ihrer Brust. Vor ihrer wirklich großen und prallen Brust.

»Machst du das eigentlich öfter?«

»W-Was?« Ich hatte schon fast vergessen, dass sie mit mir geredet hatte, und sah ihr wieder in die Augen.

»Deine Hilfe anbieten.«

Ich ließ mir nicht anmerken, wie wütend sie mich machte. Ich konzentrierte mich eher auf sie, sah sie eindringlich an und Claire bemerkte es. Ein leichtes Schmunzeln bildete sich auf meinen Lippen und sie räusperte sich.

»Du bist gut«, murmelte sie und trank hastig einen Schluck Kaffee.

Ich schmunzelte weiter. Sie hatte ja keine Ahnung.

»Was macht Simon?«, fragte ich so beiläufig wie möglich.

Claire verschluckte sich an ihrem Kaffee und griff sich eine Serviette.

»Wir hatten doch gesagt ...,« murmelte sie und säuberte ihren Mund.

Ich hob beruhigend die Hand. »Ich will einfach wissen, was in deinem Leben so läuft. Simon ist anscheinend Teil dieses Lebens.«

»Gott, du willst es wirklich wissen«, seufzte sie und streckte den Rücken etwas durch. Mir gefiel es nicht, dass sie sich eine Strähne hinter das Ohr legte. Genauso wenig, dass sie meinen Blick jetzt mied. Als wäre sie wegen Simon nervös, und das war ein beschissenes Zeichen. Ein Zeichen, dass sie mehr in dem Penner sah.

»Simon ist nett ...«

Nett war schon mal gut. Kein Mann, der eine Frau beeindruckt hatte, wurde als »nett« beschrieben.

»Wir kennen uns schon eine Weile und ...«, sprach sie weiter und wusste nicht, was sie wohl noch sagen sollte. Also tat ich es.

»Und er ist dein Boss.« Es war eine Tatsache, und auch ihre zu Schlitzen verengten Augen änderten daran nichts.

»Du hörst wohl nie auf, oder?«

»Ehrlich Claire, ich habe mir, wenn es unbedingt sein muss, einen anderen Mann neben dir vorgestellt.«

»Ach, hast du das?«, fragte sie skeptisch. Gut, ich verstand ihre Zweifel. Immerhin hätte ich es am liebsten gesehen, dass sie nie jemanden finden würde, der sie ... verdammt, warum zum Teufel sah ich mich jetzt mit ihr zusammen in meinem Bett, auf meinem Küchentisch und vielleicht noch unter meiner großen Dusche?

»Und der wäre?«, fragte sie mich weiter. Auf diese Art von Frage war ich nicht vorbereitet. Und sie schien das zu bemerken. Claire räusperte sich etwas zu auffällig.

»Was ist mit dir? Du wirst bald 32. Gibt es da keine Frau, die es wert wäre?«

»Nein«, antwortete ich schnell und stellte fest, dass mein Kaffeebecher bereits leer war. Seit wann trank ich so schnell Kaffee?

»Die es wert gewesen wäre?«, hakte sie weiter nach und automatisch schoss mein Blick zu ihr. Sie wartete ab, schien auf etwas zu warten, aber auf was, das war für mich hohe Mathematik.

»Du bist also Architektin«, stellte ich fest und wechselte das Thema, ohne dass sie es hoffentlich groß bemerkte. Ach, was redete ich da. Natürlich bemerkte Claire es, ließ es aber unkommentiert.

»Meine Stellenbeschreibung beinhaltet ungefähr sieben Fachwörter, aber im Groben bin ich Architektin.«

Ich nickte anerkennend. »Du hast es geschafft.«

»Und du bist Pilot geworden. Das wolltest du schon immer«, erklärte sie und ich nickte. »Erzähl mir davon.«

Ich lächelte, als ich an die Zeit meiner ersten Flugstunden dachte. Viele Dinge, die ich noch nie jemanden erzählt hatte, flogen praktisch über meine Lippen. Ich erzählte ihr von dem Druck, der Panik, es nicht zu schaffen, und diesem verdammtem Glücksgefühl, die Pilotenlizenz damals in meinen eigenen Händen zu halten.

Und auch Claire redete. Ich dachte mir schon, dass sie eine Kämpferin war. Aber das, was sie mir hier erzählte, war wirklich unglaublich beeindruckend.

Sie besuchte mit 18 die Abendschule, weil das College sie erst nicht angenommen hatte. Dann jedoch, nach Empfehlungen ihrer Lehrer und ganz viel Geduld, durfte sie die letzten zwei Jahre tatsächlich aufs

College. Sie sammelte Erfahrungen in Praktika, machte ihren Master, und dann landete sie bei Hotchner and Son, oder anders gesagt: bei diesem Simon.

Mittlerweile hatten wir beide unseren zweiten Kaffee ausgetrunken. Ich sah auf meine Armbanduhr.

»Man vergisst die Zeit, wenn man sich so viel zu erzählen hat«, lächelte sie und klang nicht mal sauer, weil es wirklich langsam zu spät wurde.

»Mein Flug geht um acht«, erklärte ich ihr.

»Wohin geht's?«

Sie zog sich ihren Mantel an, den sie irgendwann ausgezogen hatte.

Dabei zog sie ihre hübschen langen Locken aus dem Mantel. Ich wollte mich nicht noch mal an ihrem Anblick ergötzen, während sie auf eine Erwiderung wartete.

»Dallas. Aber ich fliege direkt zurück. Morgen früh bin ich wieder da.«

Ich hatte das Bedürfnis, ihr zu sagen, dass ich schnell wieder hier war. Immerhin war sie die Einzige, die wichtig genug für mich war und der ich es mitteilen wollte.

»Gut, dann flieg mal vorsichtig oder wie man das auch sagt.«

Sie zögerte, als ich aufstand. Aber dann umarmte sie mich und erst jetzt fiel mir auf, dass sie immer noch so zierlich wirkte wie damals.

Ich war erst etwas perplex, erwiderte dann aber ihre Umarmung. Claire war so klein, dass ich an ihrem Haar riechen konnte, ohne dass sie es bemerkte.

Apfel ... genau wie damals.

Malcom

»Okay, was gibt's schon wieder?«, fragte ich, nachdem ich hergebeten wurde.

Wie immer hatten die Jungs ein paar Störenfriede unter die Tribüne des Stadions gebracht. Heute traf es zwei 16-Jährige, die angeblich Spinde geknackt hatten.

»Ich habe sie erwischt«, beendete Jonas gerade die Situation.

Ich sah mir die zwei an. Sie waren fast zwei Köpfe kleiner als ich, trugen zerschlissene Klamotten und wirkten, als hätten sie schon länger keine Dusche mehr gesehen.

»Warum habt ihr eure Mitschüler bestohlen?«, fragte ich, und beide sahen beschämt zu Boden. Wie immer hatten sie Schiss eine zu kassieren. Man schüchterte halt ein, wenn man sich oft prügelte und gewann. »Ich erwarte eine Antwort.«

Es war bekannt, dass ich keine halben Sachen machte. Und schon dachte ich an diesen Kuss zurück. Fuck, immer noch konnte ich ihre Lippen schmecken. Und wenn es nicht Claire gewesen wäre, dann ... dann hätte ich den Kuss intensiviert. Und für genau diesen Gedanken hätte ich mir den Schwanz abschneiden sollen. Das war Claire, über die ich seit Tagen nachdachte. Verfluchte Scheiße!

»Lasst sie gehen«, murmelte ich. »Sollten sie noch mal stehlen, gibt's 'ne Klo-Dusche. Ich bin weg.«

Die anderen Jungs sagten nichts, nachdem ich für die beiden wirklich milde Strafen befohlen hatte. Aber verdammt, ich würde gleich einen Ständer bekommen, und das konnte ich nicht gebrauchen.

Die Schulglocke ertönte und ich entschied mich spontan, die nächste Stunde ausfallen zu lassen. Ich lief auf den Schulhof und wurde von Claire abgefangen.

Ich seufzte. Dass sie auch immer wusste, wo ich mich aufhielt.

»Na sieh einer an. Du lebst.«

»Claire ... ich habe wirklich keine ...«

»Und er spricht sogar«, stellte sie ironisch fest.

Heute trug sie einen Wollpullover, der ihr über die Schulter fiel und eine enge Jeans. Züchtig, modisch und absolut unschuldig. Tja, das sah mein Schwanz anders.

Nervös fuhr ich mir durch mein Haar. Heute hasste ich diese Hormone wirklich.

»Ich hatte zu tun«, brummte ich und hoffte, dass sie es endlich auf sich beruhen lassen würde.

»Drei Tage lang?«, fragte sie mich ungläubig. »Du kommst nicht mal mehr nachts in mein Zimmer.«

Jetzt war ich es, der ungläubig schaute.

»Jetzt guck nicht so, du weißt, ich kann besser schlafen, wenn ich nicht allein bin. Sissy nervt nur.«

Trotz der Jahre, die sie sich jetzt ein Zimmer teilten, verstanden die beiden sich nicht. Kein Wunder. Sissy war ein Miststück.

»Ehrlich Claire, es tut mir leid. Okay? Ich habe viel um die Ohren ...«

»Du bist so komisch, seit du mich geküsst hast. Sei ehrlich, Malcolm. War es so schlecht?« Nachdenklich sah sie mich mit diesem niedlichen Gesicht an.

Erst danach fiel mir ihre wirklich dumme Frage ein.

»Moment, was?«

»Jetzt tu nicht so. Wenn du kein Bock mehr auf die Mädels hast, sind sie für dich Luft. Aber dir sollte klar sein, dass ich nichts von dir will. Und du auch nicht von mir. Wir sind Familie, Malcolm.«

Die Eisdusche kam also in Form von Claire und der ,Wir-sind-alle-eine-Familie'-Begründung. Gut, besser, als wenn ich wirklich eine Eisdusche gebraucht hätte.

»Ach, komm, Claire. Das war ein Kuss. Es war dein erster, meiner war es nicht. Alles gut«, antwortete ich und versuchte so cool wie möglich zu wirken.

»Oh, mein Gott!« Claire lachte laut auf. »Du hast wirklich geglaubt, das hätte was in mir ausgelöst, oder? Komm wieder runter, Malcolm. Du siehst gut aus und du legst alle Mädchen flach, die um dich herumlaufen. Aber ich? Ich bitte dich. Ich bin schlau genug, zu wissen, dass das mit dir niemals gut gehen würde.«

Redete hier gerade wirklich eine 13-Jährige mit mir? Und redete wirklich Claire über das Thema, das mich zuvor bei etlichen Mädels nur gelangweilt hatte? Shit, und ausgerechnet ihre Reaktion störte mich.

»Kommst du? Wir müssen in dasselbe Gebäude. Und versuche ja nicht zu schwänzen.«

Claire lief an mir vorbei und wartete dann, als sie bemerkte, dass ich ihr nicht gefolgt war. Dann plötzlich drückte sie sich in meine Arme und ich stand wie ein ungehobelter Idiot da.

»Du bist mein bester Freund, Malcolm. Ich will nicht, dass du denkst, du seist es nicht mehr.«

Okay, da brach alles in mir zusammen. Ich drückte sie fest an mich und inhalierte ihr Apfelshampoo, das ich ihr damals, als sie zu uns gekommen war, gekauft hatte. Mrs. Waters musste damals länger auf die Zahlung vom Amt warten und ich hatte ihr alles Nötige besorgt. Seitdem benutzte sie immer dasselbe Shampoo.

»Ich war verzweifelt. Und du warst da und wolltest mir helfen. Das ist mir schon klar. Der Kuss hat mir nichts bedeutet, okay?«

Sie dachte wirklich, ich würde sie Schneiden, wenn es anders wäre. Mann, wie sie sich doch irrte ...

Claire

Ich war zufrieden mit den Berichten der neuesten Projekte, die ich den halben Vormittag durchgelesen hatte.

»Guten Morgen.«

Simon trat ein. Oftmals ließ ich die Tür zu meinem Büro einfach geöffnet. Ich mochte es nicht, immer in dieser Ruhe zu arbeiten.

»Guten Morgen«, lächelte ich ihn an und vertiefte mich in das nächste Projekt. Eigentlich hatte ich dies schon gelesen, aber Simon ... ach Mann, noch nie in meinem Leben war ich so ein Feigling gewesen. Und das musste endlich ein Ende haben.

»Viel zu tun?«

Simon hatte sich hinter mich gestellt und engte mich wieder mal ein mit seiner Präsenz.

»Geht so. Kann ich dir helfen?«, fragte ich leicht gereizt. Simon hatte das immer schon gemacht. Ob man es wollte oder nicht. Er kannte da keine Berührungsängste.

»Eigentlich wollte ich etwas mit dir bereden«, sagte er, lief zur Tür und schloss sie plötzlich. »Du gehst mir aus dem Weg.«

»Ich muss arbeiten.«

»Gut, dann gehst du mir nach den Arbeitszeiten aus dem Weg«, schlussfolgerte er und kam wieder auf mich zu.

»Der Auftrag in New York ist auch nach meinen Arbeitszeiten Thema bei mir. Das weißt du.«

Er stand direkt vor meinem Schreibtisch und musterte mich.

»Du fehlst mir ...«

»Simon«, seufzte ich. »Wir hatten abgemacht, dass das zwischen uns nur etwas Lockeres ist. Keine Verpflichtungen, nichts. Erinnerst du dich?«

Ich versuchte sachlich zu bleiben, aber innerlich machte ich mich auf Ärger gefasst. Er war mein Boss. Egal wie. Das würde nicht gut für mich ausgehen.

Er sah mich lange an, nickte dann.

»Ich bin in meinem Büro, wenn was ist.«

»Okay.«

Ich sah ihm nach, wie er mit selbstbewusstem Schritt mein Büro verließ.

Das Klingeln meines Handys riss mich aus meinen nachdenklichen Gedanken. Automatisch grinste ich, als ich Malcolms Namen aufleuchten sah.

»Mr. Parker«, begrüßte ich ihn mit verführerischer Stimme.

Und ich bekam genau die Reaktion, die ich hervorrufen wollte. Er lachte schallend in den Hörer.

»Keine Chance, Claire.«

»Ach, komm schon, ich klang fast wie sie.«

Seit ich damals erfahren hatte, dass Malcolm total auf Marilyn Monroe stand, versuchte ich ihre dunkle Stimme zu imitieren. Heute glückte es mir auch nicht. Ich machte einen Schmollmund.

»Wie sieht es aus? Bist du schon auf dem Weg?«

»Ehrlich, Malcolm. Ich weiß nicht, ob ich den 17-Uhr-Flug noch erwische«, seufzte ich und sah mir den Haufen Arbeit an, der noch auf meinem Tisch lag.

»Was? Du willst mir also sagen, dass du die einzige Maschine mit dem wirklich einzig kompetenten Piloten versetzt?«

»Diese Tatsache soll mich jetzt umstimmen? Es gibt doch noch Co-Piloten.«

Er schnaubte. »Baby, ich fliege das Schiff.«

Darf ich vorstellen? Malcolm Parker. Der Erfinder des Selbstbewusstseins.

Nachdem wir Kaffee zusammen getrunken hatten, bot Malcolm mir an, mich wenigstens nach New York fliegen zu können. Er meinte, sein Dienstplan ließe das zu, und so nahm ich an. Immerhin flog ich sowieso immer mit seiner Airline.

»Okay, okay. Ich mache mich auf den Weg«, antwortete ich und griff mir ein paar Akten, die wenigstens aus meiner Reichweite verschwinden sollten, wenn ich das alles schon später erledigen würde. Sollte ich ihm vielleicht sagen, dass ich eh keine andere Möglichkeit hatte. Immerhin befand sich mein Auftrag in New York.

»Das ist meine kleine Claire. Bis gleich.«

Er hatte aufgelegt und hatte nicht mitbekommen, dass ich erstarrt war.

»Das ist meine kleine Claire.« So oft hatte er mich schon so genannt, dass es mich nicht hätte überraschen sollen. Aber das tat es. Und obwohl ich mich früher danach gesehnt hatte, dass er mich so nannte, war es heute irgendwie anders. Ich war weder klein noch seine Claire.

Der Verkehr war eine Katastrophe. Als ich endlich zum Gate kam, war ich nass geschwitzt.

»Verfluchter Malcolm«, murmelte ich, als ich mein Ticket abgab, damit ich noch rechtzeitig in den Flieger kam.

Wie immer standen die Piloten samt Stewardess am Eingang und begrüßten alle Passagiere. Da es mitten in der Woche war, befanden sich nicht so viele Passagiere im Flugzeug. »Claire ...«

Malcolm lächelte und machte keinen Hehl daraus, dass wir uns kannten. Er hatte mir schon gesagt, dass die Airline wie eine Familie war.

»Claire?«, fragte einer der anderen Co-Piloten. Er schien in Malcolms Alter zu sein und wirkte verwirrt.

»Ja, Claire«, erklärte Malcolm ihm mit ernstem Blick. »Und sie ist tabu!«

Oh Mann! Ich verdrehte die Augen, als der älteste der drei Männer auf mich zu kam und mir die Hand gab.

»Freut mich, Sie kennenzulernen. Ich bin Jeffrey. Der Co-Pilot heute.«

»So macht man das«, sagte Malcolm gerade dem jungen Kerl, und zeigte dabei auf Jeffrey.

»Ich bin Claire. Freut mich auch. Sind die beiden immer so?« Ich zeigte zu Malcolm und dem Mann. Sie diskutierten gerade.

»Zwei Schürzenjäger. Nicht wundern«, kommentierte Jeffrey.

Ich grinste und ließ mich von der Stewardess zu meinem Sitz bringen.

Natürlich befand er sich so nah am Eingang, dass ich Malcolm von hier aus noch gut sehen konnte.

Er begrüßte gerade noch einen Passagier, daraufhin folgte eine ältere Dame, die seine Hand erst gar nicht loslassen wollte.

Ich prustete los, als er sich leicht zur Seite drehte und erst mal vor Frust die Luft ausstieß.

Die ältere Dame kam an mir vorbei und fächerte sich Luft zu. Sie war überladen mit Schmuck, Make-up und überteuertem Parfum.

»Was ein Prachtexemplar von Mann. Da fühlt man sich ja gleich noch sicherer an Bord, mit so einem Piloten, finden Sie nicht auch?«

»Auf jeden Fall«, antwortete ich ihr und unterdrückte ein Kichern. Als die Frau irgendwo hinter mir Platz genommen hatte, sah ich automatisch zu ihm zurück.

Er beendete gerade das Gespräch mit einer der Stewardessen, die wirklich nicht übel aussah. Ob die beiden schon mal miteinander ... ne, dazu sah sie zu entspannt aus. Normalerweise sprühten immer Feuerstürme, wenn eine Verflossene Malcolm in die Augen schaute. Denn es verlief nie ohne Tränen für die Mädels.

Malcolm begegnete meinen Blick und zwinkerte mir zu. Dann verschwand er in der Kabine.

Ich holte erst einmal wieder Luft. Wenn Malcolm in Uniform vor mir stand, vergaß selbst ich für wenige Sekunden, wer er für mich war. Sekunden ... das ist, denke ich, völlig in Ordnung.

Malcom

»Höhe?«, fragte ich.

»18.000 Fuß«, antwortete Lance.

»Wind?«

»Acht Knoten. Alles ruhig.«

Ich nickte und betätigte den Autopiloten.

»Bin gleich wieder da«, erklärte ich und stand von meinem Sitz auf.

Das Kichern und ein Räuspern kamen von meinen beiden Co-Piloten.

»Was?«, fragte ich so unschuldig wie möglich.

»Nichts«, antworteten beide gleichzeitig.

Ich schüttelte den Kopf und ließ ihre bekloppte Reaktion unkommentiert.

»Ich muss eben nur zur Toilette.«

Ich schloss die Tür, und schon begann das Lachen aus dem Cockpit zu dröhnen.

Aber da ich mich kannte und die Jungs es ahnten, grinste ich, als ich Claire sah. Sie saß an ihrem Laptop und schien intensiv über etwas zu lesen.

»Ich hoffe, es ist alles zu Ihrer Zufriedenheit?«

Claire sah auf und lächelte sofort.

»Aber sicher, Captain. Danke der Nachfrage.«

»Mir geht es auch bestens, Captain«, sprach hinter

Claire die alte Lady, die mir bei der Begrüßung schon meine Hand nicht zurückgeben wollte.

Ich räusperte mich, um nicht irgendwie zu laut oder zu genervt zu klingen. Claire hob die Hand, um ihr Lachen zu vertuschen.

»Das freut mich, Ma'am.«

Na, wenigstens strahlte die Alte jetzt vor Freude. Diese eine gute Tat war dann aber auch schon genug für heute.

»Claire, noch einen angenehmen Flug. Und warte bitte nach der Landung auf mich.«

»Aber warum?«, fragte sie jetzt überrascht.

»Weil ich mich von dir verabschieden möchte.« Ich sah zu der alten Lady, die uns beide mit Argusaugen beobachtete. Eifersüchtig?

»Ma'am«, verabschiedete ich mich und lief zurück ins Cockpit, nachdem ich darauf wartete, dass sie von innen geöffnet wurde.

Als ich mich wieder auf meinem Sitz breitmachte, seufzte ich, da ich die Blicke der beiden auf mir spüren konnte.

»Was?«

»Nichts«, betonten beide rasch.

Ich verdrehte die Augen.

»Ihr seid schlimmer als die Mädels, das ist euch klar, ne.«

Sie kicherten noch schlimmer.

Eine halbe Stunde später landeten wir, und wie immer lief alles nach Plan.

»Willst du deiner Freundin nicht tschüss sagen?« Jeffrey grinste dreckig.

»John wird meinen letzten Flug übernehmen. Er sollte gleich hier sein. Ich bleibe mit Claire hier in New York«, verkündete ich und stand auf.

»Oh, là, là«, sang er mit einem blöden französischen Akzent.

Er kassierte von mir einen Schlag auf den Hinterkopf, dann ging ich hinaus. Aber da stiegen schon einige Passagiere aus.

Ich schaute zu Claires Sitz, aber der war bereits leer.

»Sie ist schon weg, Parker«, sprach eine der Stewardessen. Sie war neu. Der Name war mir gerade nicht bekannt.

Ich biss mir auf die Unterlippe. Natürlich hätte ich das ahnen können. Sie wollte sich wieder durchsetzen. Stures Weib!

Claire

New York war die Pest. Und die Stadt war nicht mal schuld. Es waren die Erinnerungen, die hochkamen, wenn ich die Skyline von der Brooklyn Bridge aus sehen konnte. Es waren die Taxen, die wie in keiner anderen Stadt so präsent waren. Und es waren die Leute, die die Bürgersteige überfüllten. Niemanden interessierte es, was der andere machte. Alle gingen ihren eigenen Weg. Hier lebte jeder für sich. Deswegen hatte man damals auch nicht mitbekommen, dass meine Eltern Säufer und Junkies waren. Nur Gran ahnte es, und deswegen kam ich mit drei Jahren zu ihr. Wäre sie nicht gewesen, wo wäre ich gelandet? Ich wollte es mir nicht mal vorstellen.

Wegen all diesen Erinnerungen konnte ich nur schlecht einschlafen. Und weil ich lange brauchte, die Augen zuzubekommen, schlief ich nur wenige Stunden. Dementsprechend war ich wirklich begeistert, als es frühmorgens an der Tür klopfte.

»Das darf doch nicht wahr sein«, schimpfte ich, zog mir meinen seidenen Morgenmantel an und versuchte den Weg zur Tür zu finden.

Wie immer hatte ich mir ein Vier-Sterne-Hotelzimmer gemietet. Es ging nichts über Komfort.

Aber bevor ich die Tür öffnete, dachte ich nach. Ich hatte nicht den Zimmerservice gerufen.

»Wer ist da?«, fragte ich mit Vorsicht.

»Das weißt du ganz genau!«

Ich verdrehte die Augen und öffnete sie.

Malcolm stand ziemlich genervt vor mir. Und dann auch noch so gutaussehend. Jeans, Hemd, Mantel. Ich hasste ihn.

Seufzend ließ ich die Tür los und lief zurück in mein Bett.

»Clever, einfach nur clever, schon aus dem Flugzeug zu stürmen, bevor ich aus dem Cockpit kam. Was machst du da?«

»Ich schlafe. Mein Termin ist erst am Mittag«, murmelte ich.

»Immer noch der Langschläfer, was?«, fragte er und seine Wut schien vergessen.

»Hier schlafe ich nicht so gut«, murmelte ich und genoss das weiche Kissen und die warme Decke. Der Schlaf überkam mich schnell. Ich war im Paradies.

Und es wurde immer schöner. Ich murmelte etwas, als ich langsam meine Lider öffnete. Ich erstarrte, bevor ich anfangen konnte zu schreien. Wir lagen quasi Nase an Nase zusammen in meinem Bett. Malcolm schlief tief und fest. Er lag über der Decke, ich unter ihr. Das war wenigstens ein gutes Zeichen.

Ich drückte mich etwas von ihm weg, sodass ich ihn mir genauer ansehen konnte.

Man, er sah so entspannt aus, wenn er schlief. Kein harter Zug um die Augen, kein so markantes Gesicht, vor allem kein Blick, der mich immer wieder durcheinanderbringen konnte. Denn darauf lief es öfter hinaus. Ich verstand, warum die Frauen ihm ständig selbst schöne Augen machten. Malcolm war attraktiv. Sehr attraktiv. Schon als 18-jähriger Junge. Aber jetzt war alles kantiger, erwachsener und reifer.

Wenn es nicht Malcolm wäre, würde ich mir auch wünschen, dass er ein Auge auf mich werfen würde. Natürlich würde das nur kurz halten. Er war kein Mann für nur eine Frau. Das hatte er mir oft bewiesen. Tja, das hatte er allen oft bewiesen.

Und doch schlief er jetzt in meinem Bett. Kein Wunder. Vermutlich hatte er selbst kaum geschlafen. Aber ich wollte es unbedingt vermeiden, dass er auch hierherkam. Wie musste es für ihn sein? Immerhin war er 19 Jahre hier gewesen und floh genauso wie ich aus dieser Stadt.

»Du starrst mich an«, murmelte er und hielt die Augen geschlossen. »Hast du dabei schmutzige oder nicht so schmutzige Gedanken?«

Ich schnaubte. »Träum weiter.«

Er öffnete die Lider und wir sahen uns an. Obwohl er gerade ironisch klang, sah er nicht erheitert aus. Eher etwas zu ernst, für meinen Geschmack.

»Warst du so müde?«, fragte ich ihn, um wenigstens mit ihm zu reden, wenn er schon so ernst aussah.

»Nachdem du gegangen bist, flog ich dienstlich noch nach Boston. Von dort aus telefonierte ich die bekannten Hotels ab, dann flog ich nachts rüber.«

»Du bist geflogen?«

»Fliegen beruhigt mich, Claire. Das war schon immer so«, erklärte er und seufzte. »Du wusstest, dass ich bei dir geblieben wäre. Deswegen bist du abgehauen, stimmt's?«

Malcolm konnte mich immer noch gut einschätzen.

»Wir sind keine Kids mehr, Claire. Ich kann sehr gut Entscheidungen treffen, ohne dass ich in irgendwelche Probleme gerate.«

Auch da kannte er mich. Eine Befürchtung war, dass Malcolm vielleicht wieder in Schwierigkeiten kommen könnte, wenn er in seiner alten Umgebung war. Als Teenager prügelte er sich oft. Zu oft.

Als ich nichts darauf antwortete, seufzte er und rollte sich auf den Rücken, um die Decke anzustarren.

»Der verbitterte Idiot, der sich immer in Schwierigkeiten brachte, den gibt es nicht mehr.«

»Ach, komm, du hast dich oft geprügelt. Meistens mit denen, die es auch verdient haben«, lächelte ich ihn an, aber er sah immer noch so verdammt ernst aus.

»Wann musst du zu deinem Termin?«

Ich sah auf die Uhr, die an der Wand hing.

»In knapp zwei Stunden. Ich sollte mich mal fertig machen«, seufzte ich und stand auf, ohne darüber nachzudenken. Ich trug meinen Slip und ein Shirt, das mir zu groß war.

Nervös sah ich zu Malcolm rüber, der aber nicht zu mir sah, sondern seinen Arm auf der Stirn hielt und die Decke weiter anstarrte.

»Du solltest auch in dein Zimmer gehen, Malcolm. Und da bleibst du auch. Ich komme allein zurecht.«

»Na, sicher doch«, murmelte er und ich drehte mich noch mal zu ihm um. Diesmal nahm er meinen Aufzug wahr, seufzte dann aber ziemlich schnell. Er ließ sich wieder aufs Bett fallen.

»Geh duschen, Claire.«

»Geh duschen, Claire«, äffte ich ihn nach und verschwand in mein Badezimmer. Aber nur, um mich seufzend an die geschlossene Tür zu drücken.

So nah waren wir uns schon lange nicht mehr gewesen. Und es schockte und faszinierte mich gleichermaßen.

Deswegen war das hier doch total verrückt. Malcolm machte sich Sorgen, um etwas, dass es überhaupt nicht gab.

Ja, New York war nicht meine Lieblingsstadt, aber ich würde ja wohl ein paar Tage hier verbringen können. Und das auch ohne Aufpasser.

Wenn ich fertig wäre mit Duschen, würde ich das auch ihm klarmachen!

Malcom

Eisig kaltes Wasser floss meinen Rücken runter. Ich zitterte leicht, meine Haut fühlte sich wie ein Eisbrocken an und dennoch war es nicht genug.

Mein Schwanz beruhigte sich nur langsam. Viel zu langsam.

»Ach, komm schon, das war doch nur Claire«, sprach ich tatsächlich mit meinem eigenen Schwanz.

Aber schon als ich diesen Satz ausgesprochen hatte, war eines klar: Ich bekam Schwierigkeiten.

Wenn es nicht Claire wäre, dann wäre es mir scheißegal gewesen, dass New York sie ängstigte. Und das tat es. Egal, was sie mir versuchte einzureden. Kein Waisenkind, das von hier abgehauen war, tat es, weil die Welt so schönes Neues zu bieten hatte. Wir flohen alle. Vor dem Alleinsein, vor den Erinnerungen, vor dem Waisenkind-Dasein.

Und vielleicht auch vor Taten, die lieber nie wieder erwähnt werden sollten. Aber ich konnte Claire nicht noch einmal verlieren.

Vor einer Woche hatten wir uns wiedergesehen und es wäre ein verdammt großer Selbstbeschiss, wenn ich sagen würde, sie hätte nichts verändert. Sie veränderte alles.

Als Pilot konnte ich mir noch einreden, dass mein Job so viel Verantwortung mit sich trug, dass an etwas anderes nicht zu denken war. Die One-Night-Stands sorgten für ein wenig Abwechslung. Aber Job und Sex waren nicht alles im Leben. Das hatte selbst ich begriffen, weil ich mir seit Wochen genau diese Frage stellte.

Und dann trafen wir uns wieder und es war wie damals gewesen. Sie war ... der verdammte Traum jedes Mannes.

Und mein Schwanz sah es genauso, ICH sah es genauso.

Nach der Dusche, die meinen Schwanz endlich beruhigte, lief ich wieder zu ihrem Zimmer.

Ich klopfte, sie öffnete und funkelte mich angriffslustig an.

»Flieg zurück!«

»Kannst du vergessen. Darf ich reinkommen?« Ich fragte sie und sah über ihre Bitte hinweg, zurückzufliegen. Also drückte ich mich an Claire vorbei, ignorierte dieses verdammte Apfelshampoo und die Bodylotion, mit der sie sich eingecremt hatte, und setzte mich in den Sessel. Sie hatte sich Frühstück bestellt. So viel, dass es für zwei reichte. Claire war immer schon so gewesen. Sie dachte immer an andere.

Sie trug wieder ein Kostüm, das ihre Kurven perfekt umschmeichelte.

Die Haare hatte sie hochgesteckt, ein, zwei Locken fielen aus ihrer Frisur. Das Make-up war dezent gewählt. Claire konnte wirklich wunderschön mit wenig Schnick-Schnack aussehen.

»Was wird das hier, Malcolm? Du musst doch nicht hierbleiben, um auf mich aufzupassen. Es ist nur

New York«, begann sie auch schon und lachte viel zu laut und viel zu künstlich.

Claire setzte sich und nahm sich das Croissant. Ich grinste, als sie die Butter suchte, ich sie ihr reichte und auch die Nutella schon für sie gefunden hatte.

Claire blickte mich an und arbeitete daran, nicht zu sehr zu lächeln. Das ging nach hinten los.

»Dass du das Zeug immer noch isst, wundert mich«, sprach ich und Claire öffnete das Nutellaglas mit einem breiten Grinsen.

»Warum? Weil du es nie gemocht hast?«

Claire saß mir direkt gegenüber. Ihre langen schlanken Füße steckten in einer schwarzen Strumpfhose. Vielleicht hatte sie sogar etwas Spitze am Ende ...

Sie folgte meinem Blick, ließ sich aber nichts anmerken. Es schien fast so, als würde sie mich herausfordern.

»Das Zeug ist einfach widerlich süß«, log ich und sie wusste das ganz genau. Ab und an hatte ich es nämlich auch gegessen, und damals war sie hochzufrieden darüber.

Die Spannung hier drin war unverkennbar. Für uns beide.

»Malcolm Parker, der Typ, der sich täglich irgendwo geprügelt hat, zählt immer noch jedes Gramm Zucker«, lächelte sie und brachte mich kurzzeitig aus dem Konzept damit.

»Zucker ist in Maßen okay«, antwortete ich ihr. »Aber das Zeug, was du isst, ist einfach widerlich.«

»Na, dann lass ich es mir doppelt schmecken.«

Ich schüttelte grinsend den Kopf.

»Okay ... lassen wir den Smalltalk«, begann sie jetzt und legte das Croissant zurück auf ihren Teller. »Ich werde die nächsten Tage einige Termine haben. Ich hätte kaum Zeit, darüber nachzudenken, dass ich in New York bin. Und musst du nicht auch arbeiten?«

»Ich habe Urlaub.« Im Grunde waren Lance und die anderen mal froh, dass ich Urlaub nahm. Seit zwei Jahren sammelte ich nur noch die Urlaubstage, weil ich bisher keinen Sinn darin sah, welchen zu nehmen. Warum auch? Das Fliegen war mein Leben.

»Aber du hast doch gesagt, dass du Flüge nach New York hast.« Claire hörte sich leicht verzweifelt an. Das war nur noch mehr ein Grund, ihr zu zeigen, dass ich hier sein musste.

Ich zuckte mit der Schulter.

»Was soll das Malcolm? Du ... du denkst, du hilfst mir, wenn du hier bist, dabei ...« Sie beendete ihren Satz nicht, stand aber auf und lief durchs Zimmer. »Du verhältst dich wie damals. Aber ich bin kein Kind mehr.«

Oh, glaub mir, das ist mir noch nie so bewusst gewesen wie jetzt!

»Claire ...«

Aber sie hörte mir nicht zu.

»Du entscheidest und alle tanzen nach deiner Nase. Aber die Zeiten sind vorbei!«

»Claire ...«

»Nein, Malcolm! Ich bin süße 28 Jahre alt geworden. Ich habe einen Job zu machen.«

»Claire ...«

»Nein, jetzt rede ich, Malcolm.«

Sie blieb vor mir stehen und schien abzuwarten.

»Jetzt sagst du auf einmal nichts mehr?«

Ich verdrehte die Augen.

»Damals war es dir auch total egal, was ich denke oder sage. Du hast mir jeder Zeit das Gefühl gegeben, dass ich nichts allein könnte.«

Okay, jetzt wurde ich dann doch wütend.

Auch ich stand auf und sah sie genervt an.

»Du warst jung und völlig allein. Wie ich, Claire. Keine Ahnung, warum ich ständig das Bedürfnis hatte, dich zu beschützen, aber ich wusste, dass du das brauchtest. Deine Eltern hatten sich einen Dreck für dich interessiert und dann ist deine Gran gestorben. Herrgott noch mal«, fluchte ich und diesen Ausbruch wollte ich eigentlich vermeiden. Wann verlor ich jemals die Fassung? Das passierte mir immer nur, wenn Claire in meiner Nähe war. »Du kommst allein zurecht. Das hast du wohl die letzten Jahre sehr gut bewiesen.«

Claire ließ sich aufs Bett fallen. »Das erste Jahr war ich ein Wrack«, gab sie plötzlich zu. »Du bist einfach abgehauen. Und die erste Zeit dachte ich einfach, dass du in irgendwelche Schwierigkeiten geraten bist.« Sie suchte meinen Blick, aber ich versuchte, mir nichts anmerken zu lassen. »Dass du wiederkommst, sobald du alles geregelt hättest. Aber dann, als ich meinen Abschluss gemacht hatte, da wusste ich, dass du einfach neu angefangen hast. Ohne zurückzuschauen.«

»Ich ...«

»Nein, schon gut«, sprach sie und hob die Hand. Sie versuchte mir ein Lächeln zu schenken, aber es war eher erzwungen. »Du hast das Richtige getan. Ich habe mich sowieso gefragt, warum du dir nach deinem 18. Geburtstag eine Wohnung in der Nähe gesucht hast. Du hättest sofort abhauen sollen. Das habe ich auch getan, als ich volljährig wurde.«

»Und jetzt bist du wieder hier«, sprach ich die Sache an, um die es eigentlich die ganze Zeit ging.

Claire verdrehte die Augen. »Es ist nur eine Stadt.«

»Eine Stadt, die du hasst.«

»Wer sagt, dass ich sie hasse?«, versuchte sie sich rauszureden, stand dann auf und stellte sich ans Fenster, um hinauszusehen.

»Ich hasse sie, du hasst sie … was macht das schon für einen Unterschied?«, fragte ich sie und stellte mich mit ihr ans Fenster. Vermutlich gab es keinen anderen Menschen, der gerade besser wusste, wie es war, dieser Stadt einen Besuch abzustatten. Von hier aus konnten wir ein bisschen auf die Skyline Manhattans schauen.

»Es ist wie ein Wunder, dass wir uns wiedergetroffen haben, Claire. Ich mag damals Fehler gemacht haben, aber das passiert mir nicht noch einmal. Ich will für dich da sein«, machte ich ihr klar, während ich sie jetzt anschaute. Claire wollte gerade ansetzen etwas zu sagen, aber ich hielt sie davon ab. »Es hat nichts damit zu tun, dass du nichts allein hinbekommst. Aber … New York ist unser Armageddon, Claire. Wir mögen es nicht, weil es Erinnerungen hervorholt, die wir nicht umsonst ganz tief in uns vergraben haben. Als du davon erzählt hast, hierhin zu fliegen da … keine Ahnung, ich will einfach nicht, dass du weiter verletzt wirst.«

Lang schaute sie mich an, dann seufzte sie. »Gut, wenn du meinst, das tun zu müssen. Ich bin aber immer noch der Meinung, dass du völlig übertreibst. Wenn du willst, dann kannst du noch frühstücken. Ich muss langsam los.«

»Wir können uns ein Taxi teilen. Ich muss in dieselbe Richtung«, behauptete ich, ohne rot zu werden.

Claire sah mich irritiert an, während sie sich ihre Tasche griff. »Weißt du überhaupt, wohin ich muss?«

»Claire, hör auf, dir ständig einen Kopf über irgendwas zu machen. Wir teilen uns ein Taxi.«

Eigentlich lag mein Ziel in der anderen Richtung, aber ich hatte das Bedürfnis sie hinzufahren.

Ich roch den Dreck auf den Straßen. In Boston gab es auch solche Ecken, aber hier roch es einfach so verdammt vertraut.

Er lebte in Haus Nummer 3265. Ich hatte seinen Aufenthaltsort einfach finden können. Was nicht gerade für ihn sprach.

Ich klopfte an die erste Tür, die ich fand. Und hatte Glück. Finnigan Roberts, oder das, was von ihm übrig war. Er sah mich an, als wüsste er nicht, wer vor ihm stand.

»Du hast schon mal besser ausgesehen«, sprach ich und betrat seine Ein-Zimmer-Bude. Es gab ein altes dreckiges Bett, einen Fernseher und irgendwas, das man vielleicht mal Küche genannt hatte. Die Toilette befand sich hinter einem schmutzigen Vorhang in der Ecke und ich versuchte diesen ekelhaften Geruch nicht an mich ranzulassen.

»Malcolm Parker, dass ich das noch erleben darf!«

»Wäre ich später gekommen, würdest du es sicher nicht mehr erleben«, antwortete ich und schaute auf den kleinen Klapptisch. Neben Essensresten fanden sich dort auch Koksreste.

»Ach, komm mir nicht mit der Moralkeule. Das steht dir nicht. Auch nicht mit den Klamotten«, sprach er und setzte sich auf die quietschende Couch. Unter dem Bart, dem Schweiß und Dreck würde man vielleicht irgendwann auch wieder Finnigan erkennen, aber das hier war nur noch ein Schatten seiner selbst.

»Was willst du? Offensichtlich nicht deinen alten Job zurück.« Finnigan fand sich offenbar witzig, denn er lachte mehrere Momente lang. »Der war gut, oder?«

»Du hättest die Stadt verlassen sollen«, sprach ich und schaute aus dem Fenster. Den Rest konnte ich mir einfach nicht ansehen.

»Nicht jeder hat frühzeitig die Reißleine gezogen. Dann wurde ich Vater, du kennst das, Mann. Die Stadt verschluckt einen, wenn man nicht schnell genug reagiert.«

Oh ja, das stimmte.

»Ich will, dass du den Mund hältst, wenn du Claire sehen solltest.«

»Claire? Du meinst deine kleine, Claire?«

»Tust du das für mich?«, fragte ich, statt ihm Antwort zu geben.»Ich habe dich damals nicht verraten, Alter. Dann werde ich es jetzt auch nicht machen. Warum zum Teufel glaubst du, ich könnte sie treffen?«

»Claire war 10 Jahre nicht mehr hier. Sie könnte ...«

»Du meinst, sie könnte sich das Waisenhaus ansehen wollen?«

Genau das dachte ich.

»Bleib locker, Parker. Sie wird schon nix mitbekommen. Wir wollen ja nicht, dass sie jemals die Wahrheit erfährt, oder?«

Diese Betonung gefiel mir nicht.

»Schön, dass es dir gut geht. Du hast deine Chance genutzt, wie man sieht.«

Ich seufzte, holte meine Geldbörse heraus und legte ihm zweihundert Dollar hin.

»Danke«, sagte ich. Finnigan sah auf die zwei Scheine, sagte aber nichts. Das brauchte er auch nicht. Dann verließ ich sein Apartment und fühlte mich wie der größte Drecksack.

Malcom

Sie roch nach diesem ekligen Hubble-Bubble-Kau-gummi, aber ich hatte so einen verdammten Druck in der Hose, dass ich den Scheiß gerne ignorieren konnte.

Die Neue, sie nannte sich selbst Jinx, würde nur ein paar Tage bleiben und dann in ein anderes Haus kommen. Wir waren voll besetzt. Und da die Kleine einen netten Arsch und dicke Titten hatte, war sie ein wirkliches Super-Dessert.

Ich drängte sie ins Badezimmer der Jungen. Dort würde keiner reinkommen um die Zeit.

»Parker?«

Ich seufzte genervt auf, als ich Sissy im Flur stehen sah. Sie trug schon ihren Schlafanzug.

»Komm, nicht heute. Du weißt, einmal und keine Wiederholung«, sprach ich und wollte wieder zu Jinx ins Badezimmer.

»Du interessierst mich einen Scheiß, du Idiot«, fluchte sie. Natürlich.

Seit wir letztes Jahr mal was am Laufen hatten, lief sie mir hinterher. Aber gut, wollten wir mal ihr Spiel mitspielen.

»Was willst du dann?«

Sissys Blick suchte kurz das Badezimmer ab, dann sah sie mich wieder an.

»Claire ... sie will es mir nicht sagen, aber sie heult.«

»Sie heult?«, hakte ich nach. »Was hast du gemacht?«

»Ich habe gar nichts gemacht! Geh zu ihr oder vögel die Neue, mir ist das egal. Ich bin bei Joyce und penn dort.«

Ich nickte und ging los.

»Parker? Wo willst du hin?«, rief mir Jinx zu, aber ich winkte ihr nur zu.

Ich klopfte nicht an, als ich die Tür öffnete. Höflichkeit war sicherlich nicht meine Stärke.

»Claire?«

Ich ließ das Licht aus, weil sie es hasste, wenn sie aus dem Schlaf gerissen wurde. Obwohl Sissy mir ja gesagt hatte, dass sie weinen würde. Aber vielleicht war das auch wieder eine Falle, weil die Alte mich ins Zimmer locken wollte.

»Was?«, fragte sie genervt und ich erkannte ihre Silhouette. Sie saß auf der Fensterbank und sah hinaus.

»Was ist los?«

»Hat Sissy dir Bescheid gesagt?«, fragte sie mich und wischte sich die Tränen aus dem Gesicht. »Natürlich hat sie.« Dann schnaubte sie.

»Ich will wissen, wenn es dir nicht gut geht, Kleines«, antwortete ich ihr und setzte mich mit auf die Fensterbank. Dank des Mondlichtes konnte ich ihr Gesicht gut erkennen. Ihre Wangen leuchteten knallrot und ihre Augen wirkten auch ziemlich mitgenommen. Und wieder einmal war sie dennoch wunderschön für mich. Nur hatte sie davon - Gott sei Dank - keine Ahnung.

»Ich hab es einfach so satt«, sprach sie und wirkte ziemlich resigniert. Claires Blick glitt zum Himmel.

»Was meinst du?«

»Einfach alles. All unsere Freunde sind bereits weg. Bald bist du 18 und dann musst du auch gehen.«

Ah, darum geht es also.

»Ich habe dir doch gesagt, dass ich ein Apartment in der Nähe klargemacht habe.«

»Und dann? Du hättest zur Uni gehen sollen, Malcolm. Das hättest du verdient! Hier, in dieser verfluchten Stadt wirst du niemals glücklich werden.«

Claires Augen sprühten vor Zorn. »Deine Eltern sind schuld. Sie haben dich einfach ausgesetzt. Du hättest mehr als das hier verdient.«

Das tat sie immer. Claire nahm all meine Entscheidungen, mochten sie falsch oder richtig gewesen sein, in Schutz.

»Ich spare einfach so lang, bis du aufs College gehst, Claire. Dann gehen wir zusammen hier weg.«

»Und wie lange brauchst du? Du jobbst im Supermarkt, Malcolm«, sprach sie und hatte eigentlich recht damit. Sie glaubte eine Lüge. Und mit dieser Lüge wäre es nie möglich, unsere Träume zu verwirklichen.

»Vertrau mir. Wir bekommen das zusammen hin.«

Sie drückte sich an meine Brust und ich umarmte sie.

»Ich will einfach ein Zuhause, Malcolm.«

»Ich weiß«, flüsterte ich ihr zu und genoss die Wärme ihres kleinen Körpers.

Und damals hatte ich mir geschworen, ihr eines zu besorgen.

Claire

»Auf Wiedersehen, Mr. Van DeBerk«, verabschiedete ich mich, und hoffte, dass er es endlich verstand.

»Sie müssen weiter, ich verstehe das«, versicherte er mir und nahm meine Hand, um sie zu drücken. Dabei strich er langsam mit dem Daumen über meinen Handrücken und sein ekelhaftes Grinsen war Bestätigung genug für mich. Ich entzog ihm meine Hand, als wir aus dem Gebäude kamen, in dem wir unser Meeting abgehalten hatten.

Dieses vier Stunden Meeting war so anstrengend gewesen. Und jetzt sah es so aus, als hätte ich nur mit meinen Titten wackeln müssen, um meine Idee durchgeboxt zu bekommen. Was für ein Scheiß!

Mr. Van DeBerk war Mitte sechzig, fühlte sich aber wohl zu vierzig Jahre jüngeren Frauen sehr hingezogen. Das bewies sein erneuter Blick auf meinen Busen, der in diesem Kostüm nur zu erahnen war. Widerlicher Dreckskerl!

»Sie haben wirklich gute Arbeit geleistet, Claire. Wirklich. Ich bin begeistert!«

Der Typ berührte meinen Rücken und spürte ganz genau, wie ich zusammenzuckte bei der Berührung. Aber er grinste natürlich immer noch auf diese anzügliche Art und Weise.

»Na, dann wird das nächste Meeting wohl nicht den ganzen Mittag lang dauern«, sprach ich und unterdrückte den Würgereiz.

Dieser gestandene Mann, der - soweit ich wusste - seit dreißig Jahren verheiratet und sogar schon Opa war, machte mich gerade aufs Plumpste an!

Am liebsten würde ich ihm mein Schienbein zwischen die verschrumpelten Eier knallen und ihm mal sagen, wie wenig ich auf Rentner abfuhr. Aber nein, Simon würde mir dann erst recht kündigen, oder aber das Drama würde seinen Lauf nehmen und er würde unsere Affäre vor allen öffentlich machen, weil er den Drang verspürte, mich beschützen zu wollen. So oder so, ich wäre dann wirklich am Arsch!

»Claire!«

Ehrlich, ich war zugleich überrascht und dankbar, seine Stimme zu hören.

Malcolm kam gerade über die Straße gelaufen und fixierte Mr. Van DeBerk, wie er es schon unzählige Male mit den Typen gemacht hatte, die mir irgendwann mal schöne Augen gemacht hatten.

Nur diesmal würde ich ihn nicht anmaulen. Nein. Ich würde Beifall klatschen, weil er mir wirklich aus der Patsche half.

Er gab mir einen Kuss auf die Wange und flüsterte mir dann schnell zu: »Alles in Ordnung?«

Ich seufzte, was wohl so viel wie »Nein« bedeuten sollte und auch Malcolm begriff sofort.

Er drückte mich an sich, lächelte dieses wirklich einschüchternde Lächeln und begrüßte dann Mr. Van DeBerk.

»Schön, dass Sie auf meine Verlobte aufgepasst haben. Ich habe mich leicht verspätet. Der Verkehr hier in New York ist wirklich miserabel. Sie kennen das sicher, Mister ...?«

Völlig verdattert starrte er uns beide an oder eher Malcolm. Mit ihm hatte er nicht gerechnet. Das sah man ihm sofort an.

»Mister Van DeBerk. Ihre Verlobte und ich haben uns etwas verquatscht.«

Ich wollte so gerne meinen Senf dazu geben, aber ich lächelte nur, als Malcolm meinen Blick einfing.

»Ja, so ist meine kleine Claire. Sie ist immer zu freundlich. Seid ihr dann fertig?«

Ich nickte schnell, und bedankte mich noch mal für den wirklich »interessanten« Termin.

»Ach, und Claire?«

Wann hatte ich ihm angeboten, mich bei meinem Vornamen zu nennen?

Malcolm und ich wollten gerade los, drehten uns aber wieder um.

»Denken Sie an den Wohltätigkeitsball. Ich würde mich freuen, wenn Sie kommen.«

Ich setzte gerade an, da kam mir Malcolm schon zuvor.

»Wir kommen gerne, Mr. Van DeBerk«, lächelte Malcolm, drehte sich dann wieder um und zog mich mit sich.

»Das hast du nicht wirklich getan. Du hast dich nicht auf eine Party eingeladen, die dich eigentlich gar nicht interessieren sollte«, sprach ich und ließ mich von ihm über die Straße zerren. Okay, okay, vielleicht ließ ich es auch zu, dass er mich mitnahm. Aber seine Hand fühlte sich so toll in meiner an.

»Wenn du glaubst, ich lasse es zu, dass du allein mit diesem schmierigen Typen bist, dann hast du dich wirklich getäuscht.«

»Ich wäre nicht allein. Wir reden von einem Wohltätigkeitsball«, antwortete ich wütend. Mittlerweile liefen wir Hand in Hand durch Manhattan.

»Ja, ich habe gesehen, wie wohl du dich gerade gefühlt hast. Der Typ begrapscht dich, du kannst nicht viel dazu sagen, sonst ist der Job weg. So sieht es doch aus, oder?«

Ich sagte dazu nichts, weil ich ihn nicht anlügen wollte. Malcolm fluchte, dann bog er ab und führte mich in ein kleines Café.

»Was machen wir hier?«, fragte ich und sah mich um. Es war ein altes kleines Café mit vielleicht zehn Plätzen. Ein paar davon waren bereits besetzt.

»Während du dich hast begaffen lassen, habe ich mich ein bisschen umgesehen.«

»Ich habe mich nicht ...« Ich zählte leise bis zehn, als ich mich an einen Tisch setzte. Malcolm nahm mir gegenüber Platz. »Und jetzt willst du mich mit Kaffee beruhigen? Ganz schlechte Idee«, erklärte ich ihm, nachdem das bis Zehn zählen wirklich etwas geholfen hatte.

»Hier gibt es Nutella-Muffins, und ich dachte ...«

Überrascht sah ich ihn an. Er hatte hier in dieser Ecke Nutella-Muffins entdeckt?

»Es sei denn, du willst in die nächste Salat-Bar? Hätte ich auch nichts gegen«, grinste er, während die Räder in meiner Birne noch Kreise drehten.

Eine Kellnerin mittleren Alters kam zu uns. Ich bestellte meinen Muffin, der, wie sie bestätigte, wirklich mit Nutella gebacken wurde, und Malcolm bestellte sich einen Blaubeermuffin.

Dazu tranken wir beide noch einen Kaffee.

»Danke, dass du dazugekommen bist«, sprach ich, während der Kaffee meine Hände wärmte.

»Passiert dir das öfter?«

»Gott nein. Mittlerweile haben sogar die chauvinistischsten CEOs verstanden, dass ich nicht das dumme Blondchen bin. Aber ... ein Mr. Van DeBerk hat es noch nicht begriffen.«

»Offensichtlich«, schnaubte Malcolm. »Wann findet dieser Wohltätigkeitsball eigentlich statt?«

»Lass es, Malcolm. Du musst da nicht mit hin.«

»Doch, muss ich. Ich habe mich angekündigt. Wie sähe das für dich aus, wenn du doch allein kommst?«

Das war der Plan gewesen, aber dank Malcolm war dieser jetzt für die Katz.

Ich sah ihm dabei zu, wie er sein Handy zückte und jemanden anrief. Als er so saß, konnte man seine Silhouette noch besser in Augenschein nehmen. Groß, männlich, attraktiv und fürsorglich. Welche Frau würde da nicht neidisch sein?

Moment! Auf was neidisch? Er war mein Freund, mein bester Freund, wenn man dran dachte, was er alles über mich wusste. Was er immer noch über mich wusste.

»Hey, John, ich bin's. Nein ... ich bin immer noch im Urlaub und habe nicht vor, deinen Flug zu übernehmen. Gott, ich sagte Nein! Kennst du einen guten Smoking-Verleiher in New York? Ja, ich meinte New York ... ah okay, das klingt gut. Schick mir mal die Telefonnummer. Danke. Und nein, auch 1000 Dollar werden mich nicht dazu bringen, deine Route zu übernehmen.«

Ich runzelte verwirrt die Stirn. Malcolm schüttelte den Kopf, grinste mich aber an. Er fand das also lustig?

»Nein, mein Freund. 10.000 auch nicht. Bis nächste Woche.«

Er legte auf und ließ mich mit zig Fragen im Kopf zurück.

»Frag nicht, Claire. John ist verrückt.«

»Du bist verrückt. Ich hätte die 10.000 Dollar genommen«, schnaubte ich.

»John ist es nicht gewohnt, dass ich »Nein« sage.«

Malcolm biss in den Muffin hinein, aber ich dachte über seine Antwort noch eine ganze Weile nach.

»Also, wann ist dieser Ball jetzt?«

Malcom

Der Smoking saß, meine Haare auch. Es konnte losgehen.

Seitdem ich gesehen hatte, wie Claire von diesem Heini angegraben wurde, machte ich mir immer mehr Sorgen. Was, wenn das die ganze Zeit so lief? Claire meinte zwar, dass das nicht der Fall wäre, aber sie war eine Frau, die man nicht an jeder Straßenecke traf. Und diese Idioten wussten das. Was, wenn sie irgendwann an den Falschen geriet und ... fuck, seit gestern bekam ich wegen dieses Gedankens kaum was Richtiges hin.

Claire war den ganzen Tag über bei geschäftlichen Meetings eingespannt. Das war okay für mich. Ich hatte sie abgeholt und wir verbrachten in der City eine Menge Zeit. Und jetzt war es an der Zeit, sie für den Ball abzuholen. Da wäre wieder dieser schmierige alte Sack, aber diesmal war ich dabei. Einen Teufel würde ich tun, sie dort allein hingehen zu lassen.

Ich verließ mein Hotelzimmer und klopfte an ihre Tür. Unsere Zimmer lagen nur wenige Meter voneinander entfernt.

»Moment«, rief sie durch die Tür und ich wartete. Seufzend fuhr ich mir durch die Haare. Die Hälfte der Tage hier waren geschafft. Vielleicht würde Claire doch nicht den Drang verspüren, ins alte Viertel zu wollen. Bisher kam dieses Thema auch nicht zur Sprache.

Sie öffnete die Tür und ich hatte mir schon gedacht, dass sie toll aussehen würde, aber dieser Anblick gab mir jetzt den Rest.

Feinste rote Seide schmiegte sich an ihren Körper. Einzig dünne Träger hielten dieses Kleid an Ort und Stelle.

»Wie sehe ich aus?«, fragte sie zögerlich. Was war sie denn so verunsichert?

»Sorry. Mein Sprachzentrum ist gerade ... futsch«, antwortete ich ihr ehrlich und begaffte sie wie meine nächste Mahlzeit.

Claire wurde tatsächlich noch röter als dieses Kleid.

»Du kannst richtig nett sein, wenn du willst. Dein Smoking steht dir auch super. Ich hole eben meine Tasche.«

Sie drehte sich um und ich japste nach Luft. Ihr Rücken war komplett frei. Der Ausschnitt reichte ihr fast bis zum Po.

Okay, das hier war keine Herausforderung, das war mein Todesurteil!

Ihre langen Haare hatte sie nur auf eine Seite geschoben. Sodass ihr Rücken wirklich vor jeglichen Blicken ungeschützt war.

Gott sei Dank zog sie sich einen Mantel drüber. Wenigstens etwas Schonfrist gab sie mir.

»Ich ... ich habe eine Limo bestellt«, sprach ich und suchte endlich mein Hirn wieder. Das war womöglich gerade in meine Hose gerutscht, denn die Beule war nicht zu übersehen.

»Wirklich?« Sie sah mich überrascht, aber lächelnd an, griff sich dann ihre Tasche und kam dann auf mich zu. Schnell drehte ich mich um, damit sie meine Beule nicht sehen konnte. Mein Schwanz wollte sich aber auch nicht beruhigen.

»Alles in Ordnung, Malcolm? Du siehst blass aus?«

Wie unschuldig sie aussehen konnte, wenn sie absolut keine Ahnung hatte, was sie mit mir anstellte.

Heute war sie etwas intensiver geschminkt. Angemessen für diesen Abend. Ihre Lippen hatte sie passend in Knallrot bemalt. Verteufeltes Weib!

»Mir geht's bestens«, antwortete ich barscher, als ich wollte. Nahm es aber nicht zurück. Claire würde mich sonst für verrückt halten.

»Na dann.«

Ich folgte ihr, konnte aber nur auf den Hintern starren. Obwohl der Mantel und das Kleid noch ansatzweise etwas verdeckten, konnte ich einfach nicht wegsehen.

Was tat ich hier? Was zum Teufel dachte ich über meine kleine Claire?

Eine halbe Stunde und viele Gedankengänge später war ich immer noch nicht weiter. Claires Parfum, ihre Art mich anzusehen - sei es noch so unschuldig - und ihr Aussehen machten mich verrückt.

Als wir im Museum of Modern Art ankamen, lief die Party schon im vollen Gange.

»Wow, das sind eine Menge Leute«, murmelte Claire seufzend und schien genauso erfreut wie ich. Am liebsten wäre ich mit ihr allein, aber der Gedanke musste ganz schnell ins nächste Schränkchen verstaut werden.

Die Gäste hier gehörten zur High Society der Stadt. Das sah man ihnen sofort an. Oder aber der Kaviar auf den Tischen sowie das teure Porzellan zeigten es.

»Claire, was eine Überraschung.«

Mr. Van DeBerk kam auf uns zu, im Arm eine Frau, die in seinem Alter schien.

»Mr. Van DeBerk«, begrüßte Claire ihn mit kühler Stimme. »Danke, dass wir hier sein dürfen.«

Er begaffte sie etwas zu lang. »Darf ich Ihnen meine Gattin vorstellen. Theresa, das ist Claire. Eine sehr fähige junge Mitarbeiterin von Hotchner and Son. Und der junge Mann hier ist Ihr Verlobter ...«

Ich ergriff die Hand seiner Frau. Natürlich musterte sie mich etwas zu lang, aber für Claire wollte ich mal so tun, als wäre mir das entgangen.

»Ich bin Malcolm Parker, freut mich sehr Mrs. Van DeBerk.«

Sie hielt meine Hand länger fest als nötig. Claire räusperte sich oder kicherte, das konnte ich nicht ganz unterscheiden.

Als ich meine Hand dann doch wiederbekam, starrte der perverse Affe immer noch Claire an. Nicht mal eine Wohltätigkeitsveranstaltung und die Anwesenheit seiner Frau brachten ihn dazu sich zusammenzureißen.

»Wenn Sie uns bitte entschuldigen wollen, meine Verlobte wollte sich die Kunst noch anschauen.«

Wieder dirigierte ich sie in eine bestimmte Richtung.

»Was zum Teufel ist das für ein Kerl?«, fragte ich sie, nachdem wir weit genug von der Party entfernt waren.

»Er ist ein alter Lustmolch. Nichts, was man nicht unter Kontrolle ...«

»Gut, dass ich hier bin. Der Typ macht dir vor seiner Frau schöne Augen. Ach was, der Sabber hing diesem alten Sack schon aus dem Mund.«

Claire schnaubte, während wir einen langen Flur mit Skulpturen und Bildern entlangliefen. Die Musik von der Party war nur noch leise zu hören.

»Du machst dir zu viele Sorgen, Malcolm«, wollte sie mich beruhigen.

Wir blieben vor einer Skulptur stehen, die offenbar Mutter und Kind darstellen sollte. Die Mutter hielt das Kind in den Armen, das Kind jedoch versuchte sich, aus der Umarmung zu kämpfen. Die Gesichter waren dabei nicht zu erkennen.

»Was fühlt das Kind wohl?«, fragte Claire sich plötzlich.

Ich steckte meine Hände in die Hosentasche und überlegte.

»Es will nicht berührt werden …«

»Oder aber es ist zu spät für eine Umarmung«, murmelte Claire, und ich betrachtete sie von der Seite aus.

Sie schaute sich diese Skulptur mit viel Bedauern an. Das konnte man ihr ansehen.

»Egal, wie du es drehst und wendest, du bist kein schlechterer Mensch, nur weil deine Mom versagt hat,« machte ich ihr klar.

Claire sah mich an. »Denkst du das auch von dir?«

Ich seufzte. »Fang nicht an, mich zu analysieren, Claire. Das hatten wir schon.« Ich beendete den Blickkontakt und sah wieder zur Skulptur.

Malcom

In ihrem Zimmer war noch Licht an. Bevor ich wieder losmusste, wollte ich sie noch einmal sehen. Ihr wenigstens »Gute Nacht« wünschen.

Also kletterte ich die Fassade hoch. Die Rosenranke half mir immer wieder, in den ersten Stock zu kommen.

Und wie ich mein kleines Mädchen kannte, hatte sie auch heute das Fenster ein Stück geöffnet. Sie wusste nie, wann ich kam, aber solange sie wach war, hielt sie das Fenster immer offen.

Ich war gerade ins Zimmer geklettert, da seufzte auch schon Sissy.

»Na toll. Ich bin dann noch mal unten. Höchstens zehn Minuten«, sprach sie, und meinte uns beide damit. Claire saß auf ihrem Bett und war in ihre Schulbücher vertieft.

»Malcolm ...«

Oho. Sie war wütend.

»Okay, ich weiß. Ich hätte mich melden sollen.«

Ich konnte sie nicht ganz sehen, da nur eine kleine Nachttischlampe bei ihr angeschaltet war.

Sie sprach immer noch nicht mit mir, also setzte ich mich zu ihr, nachdem ich ein Buch zur Seite gelegt hatte. Wir beide saßen jetzt angelehnt an die Wand.

»Ich habe momentan viel um die Ohren. Es tut mir wirklich leid, Claire.«

»Wo warst du?«, fragte sie stattdessen und ich sah sie jetzt deutlicher. Sie hatte ihr Haar hochgesteckt und trug nur kurze Shorts und ein Tank-Top. Ich versuchte mich wirklich, nur auf ihr Gesicht zu konzentrieren, aber es war verdammt schwierig.

»Ich hatte zu tun.«

Sie schnaubte. »Na klar.«

»Claire«, seufzte ich und fuhr mir durch mein Haar. Es wurde zunehmend schwieriger, ihr nichts über mein Leben zu erzählen.

»Fang nicht so an, Malcolm. Ich lass mich nicht verarschen. Du hast mir versprochen, immer da zu sein. Wo zum Teufel bist du denn? Wochenlang höre und sehe ich nichts von dir. Nicht mal eine blöde SMS krieg ich von dir.«

Ich öffnete den Mund, aber wusste nicht wirklich, was ich sagen sollte. Deswegen stand sie schnaubend auf.

»Was ist los mit dir? Wenn du hier bist, sprichst du immer weniger und ich ...«

»Weil es dich verdammt noch mal nichts angeht!«, antwortete ich ihr wütend und stand jetzt auch auf.

Claire öffnete überrascht den Mund. »Wow. Ich hätte nie gedacht, dass du jetzt auch bei mir das Arschloch spielst. Anscheinend passiert es doch.«

»Nein, das war nicht so gemeint«, entgegnete ich ihr und verlor immer mehr das Ziel aus den Augen. Ich wollte ihr doch nur »Gute Nacht« sagen.

»Ach, wirklich? Seien wir mal ehrlich, du sprichst doch nie über dich. Und jetzt darf ich nicht mal fragen, warum mein bester Freund sich nicht bei mir meldet. Das alles ist doch nicht mehr normal ...«

»Claire, Kleines ...«

Ich wollte sie in den Arm nehmen, damit sie sich wieder wohlfühlte, aber stattdessen setzte sie sich an ihren Schreibtisch.

»Gut, du wirst mir nicht sagen, was momentan bei dir läuft. Okay, ich verstehe. Dann erzähl mir irgendwas anderes ...«

»Was soll ich denn erzählen?«, hakte ich mit Vorsicht nach.

»Keine Ahnung, vielleicht ... ob du schon beim Jugendamt warst und deine Akte ...«

Ich stöhnte genervt auf. Das war das zweite Thema, das ich mit ihr - mit keinem - bereden wollte.

»Was denn? Ich will einfach wissen, ob du weißt, wer deine Mom ist ...«

Mit meiner Volljährigkeit hatte ich vor gut einem Jahr auch die Erlaubnis, Einsicht in meine Adoptionspapiere zu bekommen. Und Claire dachte wirklich, dass mich das interessieren würde.

»Und ich habe dir schon zig Mal gesagt, dass ich es nicht wissen will«, konterte ich genervt.

»Wozu sind wir dann befreundet? Ich darf nicht wissen, was du machst. Ich darf deine Mom nicht erwähnen ... Was zum Teufel willst du von mir, Malcolm?«

Claire war aufgestanden und sah mich wütend an. Keiner würde in diesem Moment meinen, dass sie erst 15 Jahre alt war. Verdammt, mit diesem hübschen Gesicht hätte ich gerade für ihre Volljährigkeit gebetet. Aber ich kannte die Wahrheit. Sie war nicht nur erst 15, sie war unschuldig, sie war

... meine kleine Claire, die ich vor allem Übel dieser Welt beschützen würde.

»Du bist alles, was ich habe, Claire«, sprach ich die Wahrheit aus, die sie längst kannte. Claire war alles und nichts.

»Du könntest mehr haben«, erwiderte sie und überraschte mich damit. »Wenn du deine Mom suchen würdest ...«

Ein kleiner Teil von mir war enttäuscht, dass sie etwas anderes meinte, als ich.

»Hör auf damit, Claire.«

»Aber ...«

»Ich sagte: Hör auf!« Ich wurde zu laut und zu wütend, aber das war mir gerade scheißegal. »Mir ist klar, dass du anders darüber denkst, aber ich will und kann mir den Scheiß nicht mehr reinziehen. Ich bin darüber hinweg. Ich lebe mein Leben.«

Sie wusste, ich log. Ich sah es in ihren Augen und doch sagte sie nichts dazu. Erst seit einiger Zeit begann sie darüber reden zu wollen, wie es mir mit allem ging. Im Grunde war Claire diejenige, die immer mehr über ihr Dasein und ihre Eltern nachdachte. Nur dass ihre nicht mehr lebten.

»Du hast dich verändert«, begann sie, und ich schnaubte. Sie hatte ja keine Ahnung. Und das war auch besser so.

»Ist das alles, was ich heute zu hören bekomme? Kein »ich habe dich vermisst, Malcolm«? So willst du es?«

Wir sahen uns in die Augen. Und irgendwas zerbrach in mir, als ich ihrem nachdenklichen Blick begegnete. Sie spürte, dass etwas nicht stimmte.

»Komm wieder, wenn du dich beruhigt hast«, erklärte sie.

Wütend über ihren Rausschmiss schnaubte ich wieder. »Ich komme erst wieder, wenn du dich nicht wie eine zickige Göre benimmst. Ich muss arbeiten, damit ich mir das Apartment leisten kann, Claire. Sonst könnte ich nicht hierbleiben. New York ist verdammt noch mal kein günstiges Pflaster!«

»Und warum schreist du mich jetzt an?«, schluchzte sie plötzlich und schlug auf meine Brust ein. Ich versuchte ihre Hände zu ergreifen, aber erst nach mehreren Schlägen konnte ich sie packen und zu mir ziehen.

Sie schaute hoch zu mir. Der Abstand zwischen uns betrug kaum zehn Zentimeter. Claire atmete hastig, ihre Brust hob und senkte sich schnell. Und da standen wir nun. In der Dunkelheit und sahen uns an.

»Es gibt Dinge, die dir nicht gefallen werden. Dinge, die ich tue, damit ich hierbleiben kann. Also hör auf zu fragen, Claire. Das würde dir nichts bringen, denn eine Antwort werde ich dir deswegen immer schuldig bleiben.«

Ich wollte nicht auf ihre Lippen sehen, aber ich war kein starker Kerl. Ich konnte mich mit einem 250-Pfund-Typen anlegen, aber das hier war zu viel für mich.

»Ich will nicht, dass du mich ausschließt«, flüsterte sie und ich bekam auch ihren Blick mit. Sie fokussierte meine Lippen und ich konnte das Zittern ihrer Finger fühlen.

Jedes Mal, wenn sie mich berührte oder ich sie berühren durfte, vergaß mein Körper, dass es meine kleine Claire war. Mein Kopf war irgendwo, nur nicht hier ... um mir den Arsch zu retten.

»Du bist mittendrin, Claire. Das warst du immer«, antwortete ich ihr und meinte das ehrlich so. Jede Sache, die mich in Schwierigkeiten brachte, war für Claire.

Ich prügelte den Quarterback unserer Schule grün und blau, weil er schlecht über sie geredet hatte. Die vier Wochen Nachsitzzeit bekam ich aufgebrummt, weil ich Paul auf der Jungentoilette eine verpasst hatte und ihn anschließend Toilettenwasser trinken ließ. Leider hatte mich unser Mathelehrer auf frischer Tat ertappt. Die Woche darauf musste ein Klassenkamerad von Claire dran glauben. Er wettete 20 Dollar, sie bis zum Sommer flachgelegt zu haben ...

»Zehn Minuten sind um«, rief Sissy durch die Tür, war aber so klug nicht hereinzukommen.

Ich ließ sie los und brachte Abstand zwischen uns.

»Ich komme morgen wieder«, murmelte ich und versuchte erst mal wieder Luft zu bekommen. Claires Geruch hing mir noch in der Nase.

»Versprichst du es?« Sie klang so hoffnungsvoll und ich lächelte. Mir gefiel es, dass sie mir nie etwas vormachte. Claire gehörte zu den Frauen, die keinerlei Gefühle zurückhielten.

»Natürlich«, antwortete ich und setzte mich auf die Fensterbank. Ich gönnte mir einen letzten Blick auf Claire. Sie stand da, in ihren engen kurzen Shorts und dem Tank-Top. Dann entschied ich mich zu gehen und konnte damals nicht ahnen, dass ganze 12 Jahre verstreichen würden, bis ich sie wiedersehen würde.

Claire

Malcolm war still geworden, nachdem wir uns die Skulptur angesehen hatten. Stumm schlenderten wir also durch die Gänge und betrachteten die Kunst, die überall herumhing und -stand.

Wir begegneten immer mal wieder anderen Gästen, die sich umschauten, bis wir in eine Halle kamen. Dort befanden sich nur Bilder.

»Alles in Ordnung?«, hakte ich nach, weil wir jetzt sicherlich nicht belauscht werden würden.

»Sicher.«

»Malcolm, komm schon«, seufzte ich und blieb stehen. »Ich sehe doch, dass es dir ...«

»Das kannst du gut, oder?«, sprach er wütend dazwischen.

»Was?«, fragte ich völlig verwirrt. Warum war er denn so wütend?

»Du hast mich immer schon an Dinge denken lassen, die ich einfach vergessen wollte.«

Meinte er seine Mutter?

»Ich wollte ganz sicher nicht, dass es dir schlecht geht, ich wollte nur ...«

Malcolm lief mittlerweile wie verrückt durch den Saal.

»Natürlich »wolltest du nur«, Claire!«

»Hey!«, rief ich ihm genervt zu, weil es so langsam wirklich reichte.

Plötzlich lief er auf mich zu und erschreckte mich, weil er wirklich wütend aussah. Ich lief zwei, drei Schritte zurück, aber da hatte er schon mein Handgelenk gegriffen.

»Ich war ... allein. Ich hatte ein gutes Leben«, murmelte er, als würde er wirklich selbst daran glauben.

»Und deswegen wirst du als Workaholic bezeichnet. Ich habe die Flugbegleiterinnen reden hören, Malcolm. Du nimmst nie Urlaub, springst für jeden ein, wenn es geht. Und dein Freund John wollte am Telefon nicht mal glauben, dass du wirklich Urlaub nimmst«, sprach ich das aus, was wir beide längst wussten. Malcolm lebte nicht, er überlebte.

Malcolms Lächeln sah eher aus wie eine Kapitulation.

»Und du sitzt in einem Job fest, den du liebst, aber nicht erträgst.«

Ich zuckte weder zusammen, noch war ich überrascht von seiner Beobachtung.

»Du hast doch gar keine Ahnung, was es heißt, etwas oder jemanden zu lieben, Malcolm. Vorher verlässt du sie oder lässt sie erst gar nicht Teil deines Lebens werden«, feuerte ich zurück und fühlte mich sofort wie der schlechteste Mensch dieser Welt. Aber ich fand es auch nicht gerade toll, dass er meint über mein Leben herziehen zu müssen.

»Bist du fertig damit mir zu sagen, was und wer ich bin?«, flüsterte er mit gefährlichem Zorn in der Stimme. Ganz langsam zog er mich an sich. »Ich schaue dir seit Tagen in diese schönen grünen Augen und sehe ständig diese Enttäuschung. Ich habe dich gehen lassen, Claire. Und glaub mir, das bereue ich. Aber weißt du, was ich nicht bereue?«

Ich schluckte, weil ich absolut keine Ahnung hatte, wie ich reagieren sollte. Sein Aftershave roch so maskulin, und Malcolm verhielt sich gerade so ... so ... Gott, es kribbelte zwischen meinen Beinen.

Malcolm fixierte mich mit seinem Blick. »Ich wäre dir nie begegnet, wenn ich nicht in dieses Waisenhaus gesteckt worden wäre. Also erwarte nicht, dass ich nach jemanden suche, der dich mir weggenommen hätte.« Das war seine Angst gewesen. Wenn er sie gesucht hätte, und sich herausgestellt hätte, dass sie sich um ihn kümmern könnte ... hätte er das Heim verlassen müssen und somit auch mich.

Ich war fasziniert von seiner Stimme, die jetzt einen dunkleren Klang angenommen hatte. Seine Hand wanderte höher und dann drückte er meinen Nacken.

»Ich werde jetzt etwas sehr Dummes tun, Claire. Wenn du mich aufhalten willst, dann tue es jetzt«, murmelte er und kam meinen Lippen noch näher. Mein Puls war irgendwo, aber nicht hier. Vielleicht in den Rocky Mountains, keine Ahnung.

»Halt mich auf«, murmelte er noch mal.

»Nein«, flüsterte ich zurück und dann berührten unsere Lippen sich. Wie ein Sturm, der endlich begann, küssten wir uns. Malcolm drückte mich an sich, öffnete seinen Mund und ließ seine Zunge hinaus ... ohne darüber nachzudenken, öffnete ich auch meine Lippen und ließ jenes Gefühl raus, das so lange in mir geschlummert hatte.

»Claire«, seufzte er und sprach meinen Namen so verführerisch, so verlangend aus, dass ich einfach nicht darüber nachdachte, wo wir uns noch befanden.

»Oh«, kam ein erstickter Laut und wir beide sprangen auseinander, wie wildgewordene Teenager. Ich bekam endlich wieder Luft, Malcolm sah das wohl genauso.

Eine ältere Dame und ein Mann standen am Eingang zum Saal und musterten uns schmunzelnd.

»Verzeihung, der Saal gehört jetzt Ihnen«, sprach Malcolm, und man hörte nicht mal mehr heraus, wie aufgewühlt er gerade war.

Plötzlich ergriff er meine Hand und zog mich aus dem Saal.

»Ähm ... das war ganz schön peinlich«, versuchte ich die Stimmung zu heben. Irgendwie kam bei mir im Kopf noch nicht an, dass ich gerade Malcolm Parker um den Verstand geküsst hatte. Wobei, wenn ich ihn mir gerade so ansah, er wirkte ziemlich ruhig. Fast schon zu ruhig.

Malcolm lief immer noch Hand in Hand mit mir durch einen Flur, durch den wir bereits gegangen waren.

»Ah, da sind Sie ja«, sprach Mr. Van DeBerk auf einmal und kam auf uns zu. Aber bevor er weitersprach, begann Malcolm ihm etwas zuzuflüstern. Ich wollte mithören, aber dazu kam ich nicht, weil Malcolm mein Handgelenk so festhielt, dass ich mich kaum bewegen konnte.

Als Malcolm sich von ihm löste, sah Mr. Van DeBerk ziemlich blass aus. Er verschwand auch innerhalb weniger Sekunden zwischen den Menschenmassen.

»Was hast du zu ihm gesagt?«, fragte ich und wirkte ziemlich eingeschüchtert. Malcolm sah aus, als würde er gleich jemanden umbringen.

»Nichts«, war seine Antwort und er zog mich weiter. Er wirkte ziemlich kühl, und das schlechte Gewissen nahm von mir Besitz, obwohl er gerade meinen Kunden bedroht hatte.

Ich überlegte schon, wie ich das wieder geradebiegen konnte, als er endlich etwas von sich gab.

»Musst du noch jemandem die Hand schütteln?«

Er sah mich nicht mal dabei an, aber ich verneinte.

»Eigentlich nicht.«

Wir liefen zur Garderobe. Malcolm brachte mir meinen Mantel.

»Wieso?«, fragte ich nach, weil er nichts weiter dazu sagte.

Ich folgte ihm wie ein Trottel auf die Straße.

»Malcolm, ich rede mit ...«

Blitzschnell drehte er sich zu mir um. Diesmal sah er mich an - und mit was für einem intensiven Blick.

»Weil ich dich endlich unter mir haben will, Claire. Ich will dich, von vorne, von hinten. In allen möglichen Stellungen. Deswegen.«

Ich setzte wirklich an, um etwas zu sagen. Also wirklich. Aber ich war auch nur eine Frau, und er verdammt noch mal Malcolm Parker. Ich nickte, mehr war nicht mehr möglich. Wir stiegen in unsere Limousine ein.

Die ganze Fahrt über sagte niemand von uns etwas. Und deshalb stieg die Anspannung.

Oh, großer Gott. Was mache ich hier? Er ist Malcolm. Mein Malcolm ...

»Claire ...«

Ich spürte seine Hand, die meine berührte. Sanft, als hätte er das schon ewig so gemacht. Ich wandte mich ihm zu und sah sein sanftes Lächeln.

»Du musst gar nichts, das weißt du doch, oder?«

Er wollte mich beruhigen und mir meine Entscheidung lassen.

Nur war es so: Dass es nie eine Entscheidung gab. Die ganze Zeit über hatte ich mir eingeredet, dass da zwar Anziehung war, aber er sie niemals zulassen würde. Warum auch? Wir waren Freunde. Und Freundschaften würde man niemals wegen ein bisschen Sex aufs Spiel setzen.

Aber war es Freundschaft? Früher vielleicht. Aber heute? Heute sah ich nur den Mann, der er geworden war. Und ich wollte ihn. Da gab es keine Zweifel.

Ich sah rüber. Der Fahrer hatte die Abtrennung hochfahren lassen. Man konnte uns also nicht beobachten.

Mit einer Drehung saß ich auf seinem Schoß. Malcolm berührte mich nicht, sah aber ziemlich überrascht von meinem Manöver aus.

»Was hast du ...«

»Was glaubst du denn? Ich will dich hier ... in der Limo.«

Malcolms Augen verdunkelten sich sofort, sie wurden kleiner und glänzten leicht. So, als würde er die Idee genauso gut finden. Sein Schwanz sah es wohl auch so, immerhin drückte der sich gerade wunderbar an seine Hose.

Ich küsste ihn, wie ich es im Museum getan hatte. Aber diesmal wurden wir nicht gestört. Die Fahrt würde mindestens noch dreißig Minuten dauern.

»Gott, Claire«, seufzte er und ich begann seine Hose aufzuknöpfen. Malcolm jedoch schob gerade meine Träger herunter, damit er meine Nippel berühren und küssen ...

Ich stöhnte auf, als seine Zunge meine Haut leckte. Dann machte er etwas mit seinen Zähnen und meinen Nippeln und ich keuchte auf, während ich mich an sein Jackett krallte.

Mein Schoß brannte mittlerweile, und ich drückte mich immer fester auf ihn.

»Okay, das reicht«, murmelte er und hob mich etwas hoch, damit er seine Hose herunterziehen konnte. Unsere Blicke begegneten sich. »Bist du ...«

»Nicht denken, machen«, sprach ich ihm dazwischen, drückte meine Lippen auf seine und dirigierte mich so auf seinen Schwanz, dass er nur noch zustoßen musste und ...

Mit einem Ruck war er in mir und wir verschmolzen zu einer Einheit ...

Ich konnte ihn mir nicht ansehen, aber ich fühlte, wie meine Muskulatur sich für seinen Schwanz weitete.

»Scheiße, du bist so verdammt ... beweg dich, Claire. Beweg dich!«

Und ich bewegte mich. Langsam, um mich an seine Größe zu gewöhnen und um es voll auszukosten. Ich konnte das Tempo bestimmen und Malcolm genoss es auch.

Ich wurde schneller, als Malcolm begann meine Brüste zu kneten. Sanft, als würde er aufpassen, nichts kaputt zu machen.

Meine Atmung wurde schneller, als ich spürte, wie der Druck in meinem Unterleib immer schlimmer wurde. Ich griff mir seinen Nacken, hielt mich an ihm fest, während Malcolm jetzt begann in mich zu pumpen.

»Scheiße, es ist ... du bist so feucht für mich, Claire. Nur für mich«, sprach er abgehackt und ich schrie wie von Sinnen, als der Orgasmus mich überrollte.

»Heilige Mutter ...«, seufzte er und pumpte ein letztes Mal in mich hinein.

Völlig außer Atem, saßen wir nun hier. Ich auf ihm, er in mir.

Sein Duft wollte einfach nicht aus meiner Nase verschwinden, also küsste ich seinen Hals und er lachte.

»Du hast mich tatsächlich fertig gemacht«, sagte er und ich schnaubte.

Plötzlich wurde an der Scheibe geklopft.

Malcolm drückte mich sofort auf die andere Seite der Limo, damit man mich nicht nackt auf ihm sitzen sehen konnte.

Erst jetzt bemerkte ich, dass wir nicht mehr fuhren. Wir waren angekommen?

»Wir kommen«, rief Malcolm dem Fahrer zu und ich kicherte.

»Also, so genau wollte er es bestimmt nicht wissen«, antwortete ich ihm und Malcolm grinste mich an, während er immer noch auf mir lag. Er hatte seine Arme an den Polstern abgestützt und blickte mir amüsiert in die Augen.

Das Kichern blieb mir im Halse stecken, als ich seinen Blick erwiderte.

»Zieh dich an, Claire. So kannst auf keinen Fall raus.«

Ich folgte seinem Blick und schüttelte grinsend den Kopf. Mein Kleid hing mir bis zum Bauchnabel, mein Busen war für jeden frei zugänglich.

Malcolm gab mir einen raschen Kuss auf die Lippen, dann begann er sich die Hose wieder anzuziehen.

Malcom

Ich zog sie aus der Limo, brachte sie zurück in unser Hotel und begegnete immer wieder ihrem Blick. Sie lächelte, ich konnte mein Grinsen auch nicht zurückhalten. Sie war einfach ... unglaublich.

Ich brachte sie in mein Zimmer, weil das einfach näher war.

Die Tür war nicht ganz zu, da hatte ich sie bereits an die Tür gedrückt und begann sie zu küssen.

Claire schmeckte nach der verbotenen Frucht, die nicht mehr verboten war.

»Kleid runter, sofort«, murmelte ich und zog dabei selbst meinen Smoking aus.

Sie wusste ganz genau, wie sie mich um den Verstand brachte. Die Träger ihres Kleides hingen an ihren Fingern, grinsend biss sie sich auf die Unterlippe.

»Du willst spielen?«, fragte ich sie und Claire schien unentschlossen. Sie musterte mich von oben bis unten und ich war mir meine Wirkung auf sie sehr bewusst. Bei ihr ging es mir nicht anders.

»Wenn du spielen kannst, Malcol ...« Ich küsste sie stürmisch, zog sie auf meine Arme und trug sie zum Bett.

Ich setzte sie dort ab.

»So schön du auch aussiehst, jetzt will ich, dass du dich aufs Bett stellst. Auf alle viere, Hintern zu mir!«

Sie wartete nicht ab, sondern tat genau das, was ich von ihr wollte.

Ihr süßer Hintern steckte in roter Spitze und gehörte gerade ganz mir. Sie stand auf alle vieren, während ich diesen Anblick genoss.

»Deine Lieblingsfarbe ist immer noch rot«, sagte ich und strich über eine ihrer Pobacken. »Wunderschön.«

Claire streckte ihren Hintern zu mir, als ich langsam über ihren Po strich, dann schlug ich zu und sie stöhnte auf.

Mein Schwanz in der Hose zuckte vor Freude. Ich stand nur noch in Boxershorts vor ihr und die spannte schon wie verrückt.

»Ich will dich von hinten, Claire.«

»Dann nimm mich …«, flüsterte sie und stöhnte noch mal, als ich wieder zuschlug. Dieselbe Stelle wie zuvor. Ich zog ihr den Slip aus und berührte ihre Muschi. Sie tropfte … ein sehr sehr gutes Zeichen.

Den Saft ihrer Sinnlichkeit verteilte ich auch an ihrem anderen Eingang.

»Entspann dich«, erklärte ich und verteilte weiter die Feuchtigkeit um ihren Anus. Als es genug war, massierte ich ihn, um sie weiter zu entspannen.

»Malcolm.« Ihr verzweifelter Ruf war genug. Ich zog meine Boxershorts herunter und drang in sie ein. Ich konnte bei ihr einfach nicht warten und so wie Claire reagierte, gefiel ihr diese Herangehensweise sehr.

Ich gab ihr einen Moment, um sich an meine Größe zu gewöhnen. Dann begann ich sie zu vögeln. Verdammt, war das gut!

Sie drückte sich noch näher an mich, ließ mir dennoch die Führung, und dann begann ich ihren Anus zu dehnen. Langsam führte ich meinen Finger in sie ein.

»Entspann dich, Engel. Es wird nicht wehtun. Du musst nur loslassen«, sprach ich und fickte sie weiter.

Mir war nicht mal bewusst, dass ich der gesprächige Typ beim Sex war. Bei den unzähligen anderen Gelegenheiten wollte ich einfach den Druck ablassen, aber das hier ... verdammt, ich wollte am liebsten dieses Hotelzimmer nie wieder verlassen.

Und dann ließ Claire los. Sie vertraute mir wieder. Die Mauern brachen vollends zusammen, als sie Folgendes sagte: »Bitte nimm meinen Hintern, bitte Malcolm. Bitte.«

Sie musste niemals um etwas bitten, aber das würde ich ihr ein anderes Mal erzählen.

Ich zog mich aus ihr heraus und holte die Kondome aus meinem Koffer. Sie waren mit Gleitgel behaftet.

»Was machst du?«, fragte sie und wollte sich gerade wieder aufsetzen, aber ich drückte sie wieder runter.

»Nicht bewegen.«

Ich setzte mich unter sie, und begann ihre Muschi zu lecken. Während ich den Genuss von Claire endlich in mir aufnehmen konnte, öffnete ich das Kondom mit einer Hand und drang mit mehreren Fingern in sie ein.

Claire stöhnte und war verdammt bereit für mich.

Nur diesmal wäre ihr knackiger Arsch dran.

Ich erhob mich wieder, zog mir das Kondom drüber und dirigierte mich wieder hinter sie.

Ich fingerte sie, dann bearbeitete ich ihren Hintern.

»Berühr dich, Engel«, befahl ich und sie zögerte keine Sekunde. Claire begann sich selbst zu befriedigen und ich atmete zweimal tief durch. Dann begann ich mich langsam in ihren Hintern zu versenken. Erst spannte sie sich an, aber je mehr sie sich selbst bearbeitete, umso ungeduldiger wurde sie.

»Fick mich, Malcolm! Sofort«, schrie sie mich tatsächlich an.

Und, na ja, in so einer Situation ließ Mann sich das ganz sicher nicht zweimal sagen. Mit einem festen Stoß versank ich bis zum Anschlag in ihrem Hintern, und selbst ich stand kurz davor, meine Ladung viel zu schnell abzuschießen.

Claire Watefield war der Himmel!

Ich begann mich zu bewegen, sie kam mir entgegen, und dann ging es richtig los. Der Rhythmus stimmte, diese Frau hier stimmte, es war unglaublich.

Mir lief der Schweiß den Rücken runter. Ich konnte gar nicht aufhören, sie zu vögeln.

Irgendwann klatschte ich ihr wieder auf diesen runden, schönen Arsch. Und Scheiße, mein Schwanz steckte da drin. In Claires himmlischem Hintern.

»Ich komme, Malcolm ... Ich komme ...«, schrie sie und begann zu zittern. Das war mein Countdown. Drei Sekunden später wollte mein Schwanz aufgeben, und verdammt, er pumpte alles in dieses zarte Geschöpf, was ich wohl je in meinen 31 Jahren produziert hatte.

Ich musste aufpassen, dass ich nicht auf sie fiel. Also drückte ich mich schnell zur Seite, damit ihr nichts passierte.

So lagen wir da. Claire mit dem Bauch auf dem Bett, ich grinste sie an.

Sie hatte die Augen geschlossen und holte erst mal Luft.

»Habe ich das Spiel gewonnen?«, grinste ich weiter.

Sie schnaubte, wie sie es immer machte, wenn ich prahlte.

»Frag mich, wann ich mich wieder auf meinen Hintern setzen kann.«

Claire

Er lachte. Und wie gut sich das anhörte, wenn ich daran dachte, dass er es mit mir zusammen tat.

Er stand vom Bett auf und ließ mich allein zurück. Dann kam er wenige Momente später wieder.

»Achtung«, sprach er und ich fühlte etwas Kühles zwischen meinen Beinen.

»Malcolm!«, rief ich erschrocken und wieder lachte er.

»Ich will dich nur säubern, es sei denn, du kommst mit duschen …«

»So himmlisch das klingt, aber ich bin total fertig«, seufzte ich und war froh über das Bett unter mir.

Er küsste mich auf die Stirn. »Leg dich hin, morgen kannst du ausschlafen.«

Während er aufstand und einmal den Nacken kreisen ließ, wurde mir bewusst, dass er die letzten Tage immer für mich da war. Sein gesamter Alltag drehte sich um mich. Und jetzt wusste er schon, dass ich morgen keine Termine mehr hatte. Malcolm hatte mir zugehört.

Ich drehte mich auf den Rücken und beobachtete ihn dabei, wie er ins Bad ging.

»Was machen wir hier?«, fragte ich ihn. Auch wenn er womöglich nicht darüber nachgedacht hatte, aber die Frage mussten wir uns einfach stellen.

Er schaltete das Licht im Bad an, lief aber nicht hinein. Malcolm drehte sich zu mir um, lehnte sich an den Türrahmen und stand in seiner vollen Pracht vor mir. Es machte ihm nichts aus, mir auch nicht. Wobei ich schon genoss, ihn nackt zu sehen. Malcolm hatte einen wahnsinnig trainierten Körper. Einen nicht so extremen Sixpack, aber dieses V, das ich in den Hollywoodfilmen gerne anschaute, war deutlich sichtbar. Die Haare an seinem Bauchnabel waren das Sahnehäubchen. Die Kirsche sein halb aufgerichteter Schwanz.

»Was denkst du denn darüber?«

Ich verdrehte die Augen. »Ich habe zuerst gefragt.«

Er lief langsam auf mich zu, und mir war bewusst, dass ich splitterfasernackt hier lag. Aber ich hatte noch nie Probleme mit meinem Körper, nicht, wenn ein Mann wie Malcolm mich schon zweimal genommen hatte. Das leichte Ziehen an meinem Po würde mich noch länger daran erinnern.

Malcolm griff sich meine Beine und zog mich zur Bettkante. Ich kicherte, weil er dabei meine Fußsohle berührte.

»Ich denke, du bist genau dort, wo du sein willst, und wo ich dich haben will«, beantwortete er mir meine Frage und ich lächelte.

»Und wo bin ich?«, hakte ich nach und wusste, dass ich gerade wieder mit dem Feuer spielte, als ich die Haare auf seiner Brust berührte.

Plötzlich hob er mich in seine Arme. Ich quiekte erschrocken auf. Das hatte ich jetzt nicht erwartet.

»Mit mir unter der Dusche.«

»Malcolm, ich bin so müde«, seufzte ich und fühlte mich wirklich fix und fertig.

»Kein Problem. Ich mache dich sauber, dann kannst du dich an mich schmiegen ...«

Ich lächelte, als mir bewusst wurde, wie liebevoll das gerade gemeint war.

Malcom

Ich strich ihr beruhigend über die Arme, während Claire in meinem Arm lag und schlief. Sie war wirklich kaputt. Die letzten Tage waren anstrengend gewesen. Immerhin musste sie erst wichtige Meetings besuchen, dann waren wir beide die ganze Zeit über unterwegs.

Und dann das hier zwischen uns ...

Ich konnte und wollte mich nicht mehr zurückhalten. Den ganzen Abend über stahl sie mir mit diesem Kleid und der frechen Schnauze meinen freien Willen. Claire nahm mir alles, in weniger als einer Woche. Ich lebte nach dem Prinzip: Arbeit, Sport und guter Sex.

Und jetzt saß ich hier mit Claire in meinem Hotelbett und kuschelte ... ich kuschelte!

Nix Sport, nix Arbeit. Die ganzen letzten Tage wollte ich einfach nur bei ihr sein.

Und das Halleluja an der Sache war, dass nicht nur Claire Wahnsinn war, selbst der Sex war ... fuck, wann hatte ich jemals so viel Freude dabei, dass eine Frau mir so vertraute, um Analsex mit mir zu haben? Mich interessierte nichts und niemand, bis Claire wieder in mein Leben getreten war.

Sie sollte nie Leid erfahren, niemals. Solange ich bei ihr war. Ich wusste selbst, wie verrückt das klang.

Ich küsste ihren Haaransatz, weil ich das Bedürfnis hatte, ihren schönen Duft einzuatmen. Der Apfelgeruch war kaum noch wahrnehmbar, weil wir beide das Shampoo vom Hotel benutzt hatten. Aber sie lag in meinen Armen, und genau das zählte für mich.

»Malcolm ...«, murmelte sie in meinen Armen.

»Mmh?«, brummte ich und genoss es, dass sie mich genauso wenig losließ wie ich sie.

»Ich würde gerne nach Brooklyn. Ich will wenigstens noch einmal sehen, wie das Heim jetzt aussieht.«

Ich schloss die Augen, versuchte aber ansonsten ruhig zu bleiben.

Eigentlich hatte ich es bereits erwartet, aber dennoch gefiel mir das alles nicht. Und trotzdem konnte ich es ihr nicht sagen.

»Wenn du das willst, dann können wir morgen hin«, antwortete ich ihr.

Sie setzte sich auf, drehte sich auf den Bauch und sah mich an.

»Du gehst mit mir hin?«

Kein Mensch der Welt würde mich dazu bringen, dich dort allein hinzulassen!

»Natürlich«, erklärte ich und strich ihr eine verirrte Strähne aus dem Gesicht.

Claire lächelte.

»Danke.« Sie gab mir einen kurzen Kuss, und drehte sich dann wieder so, dass sie in meinen Armen liegen konnte. »So bald wir dort waren, ist das Kapitel dann wirklich beendet.«

Ich sagte daraufhin nichts.

Nichts war erledigt.

Als wir nach dem ausgiebigen Frühstück aufbrachen, bestand Claire darauf, zu Fuß zu laufen. Sie nahm vieles wahr, was sie als Kind kaum angeschaut hatte. Die Wall Street und die schöne Mode in den Schaufenstern faszinierten sie jetzt mehr als früher.

Statt einem Rock oder einem Kleid trug sie heute eine Jeans und eine hübsche Bluse. Sie erinnerte mich immer mehr an das Mädchen, das ich zurückgelassen hatte. Mit dem Unterschied, dass sie jetzt erwachsen war, und wir jetzt mehr als zärtliche Umarmungen teilten. Shit, ich war hin und weg von dieser Frau.

»Malcolm? Erde an Malcolm?«

Ich war völlig in meine Gedanken vertieft, als wir an dem alten Supermarkt ankamen, in dem wir früher immer Süßigkeiten gekauft hatten.

»Sorry, was?«, hakte ich nach, weil sie vor mir stand und abzuwarten schien.

»Lust, dir noch mal ein paar Bonbons zu kaufen?«, schlug sie vor und ich lächelte.

»Süßes hatte ich eigentlich schon. Aber wenn du unbedingt willst, können wir wieder auf unser Hotelzimmer gehen und ...« Ich zog sie an mich und küsste ihre Halsschlagader. Sie kicherte, und es hörte sich wie eine verdammt schöne Melodie an. Eine Melodie! Wenn John das hören würde ...

»Du bist bescheuert. Komm, wir gehen weiter ...«

Claire zog mich mit sich und ich ließ es mir gefallen. So lange, bis wir in die Straße kamen, die uns mehr als bekannt war.

Auch Claire sah es so, sie lief etwas langsamer als zuvor und klammerte sich regelrecht an meinen Arm.

Das Waisenhaus befand sich circa zwanzig Meter von uns entfernt. Um das Haus herum standen einige große Häuser, aber dennoch stach dieses Haus heraus. Die Fassade blätterte immer noch ab, der Zaun davor war in einer anderen Farbe gestrichen als früher.

»Da ist es«, sprach Claire, und ich folgte ihr, als sie begann hinzugehen.

Frustriert sah ich mich um, erkannte aber nichts, was mir Sorgen machen sollte, also folgte ich ihr.

Claire stand vor dem Zaun und strich darüber.

»Früher war er blau, nicht rot«, sprach sie, und schien in Gedanken ganz weit weg zu sein.

»Blau gefiel mir besser«, war meine Reaktion.

Sie schaute auf, erwiderte meinen Blick und lächelte.

»Es ist merkwürdig, wieder an dem Ort zu sein, den ich nie wiedersehen wollte«, erklärte Claire, und sie hatte keine Ahnung, wie recht ich ihr da gerade gab. Dann lief sie plötzlich auf das Gelände.

»Claire, warte!«

Ich sah mich wieder um, folgte ihr aber. Sie war an die Seite des Hauses gelaufen und blickte in den ersten Stock. Mir war sofort bewusst, was sie sich da ansah.

»Sieh mal, sie haben die Rosen entfernt«, sagte sie und zeigte auf die leere Fassade.

»Es hat mich gewundert, dass Mrs. Waters die nicht schon während meiner Zeit entfernt hat. Immerhin wusste sie ganz genau, was ich da mache«, grinste ich und Claire nickte.

»Die ganzen Andeutungen habe selbst ich verstanden, die sie dir gegenüber immer fallen gelassen hat«, erinnerte Claire sich.

»Es war nicht alles schlimm, Claire«, begann ich und versuchte, ihr so diesen melancholischen Blick aus dem Gesicht zu nehmen. »Wir zwei hatten uns.«

Ich sah sie an. Claire senkte den Blick nicht, sie erwiderte ihn.

»Wir haben uns jetzt wieder«, sprach sie, und ich nickte. Auch wenn mir dieser Besuch hier nicht gefiel, hatte Claire recht. Wir hatten uns jetzt. Und was zählte mehr als die Gegenwart?

»Hast du genug gesehen?«, fragte ich und lief schon wieder zurück.

Sie seufzte, folgte mir aber.

»Ich glaube, ich könnte gleich ein riesengroßes Mittagessen gebrauchen. Nach den vielen Meilen, die wir gelaufen sind«, sagte sie und zwinkerte mir zu. Ich griff lächelnd ihre Hand, als Claire auf dem Bürgersteig plötzlich stehenblieb.

»Sieh mal einer an. Da geht man nichts ahnend spazieren und dann diese Überraschung.«

Finnigan stand uns gegenüber. Diesmal wirkte er etwas sauberer als die Tage zuvor. Dennoch gefiel mir sein Auftauchen überhaupt nicht.

Was wollte er hier?

»Finnigan?« Claire wirkte überrascht, ich war wütend.

»Claire ... Man, du bist wirklich ...« Finnigans Musterung ging mir gehörig gegen den Strich. Aber ich wollte mich nicht in Schwierigkeiten bringen, also zog ich sie nur dichter an mich. Claire sagte dazu nichts.

»Du wohnst immer noch hier? Wie geht es dir?«, fragte Claire ihn und Finnigan zuckte mit der Schulter.

»Es muss laufen. Und Malcolm, Mann ... ich wusste nicht, dass ihr beide ...« Er zeigte auf mich und Claire. Natürlich wusste er es nicht. Warum auch?

»Es ist alles noch sehr neu«, antwortete sie ihm und Finnigan begegnete meinem Blick.

»Das glaube ich gern. So, ich muss weiter. War toll, euch zu sehen und der ganze nette Kram. Bis dann.«

Er lief an uns vorbei, musterte uns beide aber noch eindringlich.

»Er sieht ziemlich fertig aus«, fand Claire, und sah Finnigan noch lange hinterher.

»Nicht jeder kommt hier raus, Claire«, stellte ich klar und zog sie mit in die andere Richtung. »Du hattest doch Lust auf ein großes Mittagessen ... na komm, ich will es dir besorgen.«

»Besorgen, ja?« Sie grinste vielsagend und ich lachte über ihre Dreistigkeit.

Claire

»Weißt du eigentlich, wie schön du aussiehst?«

»Ich vergesse die Zeit, wenn du bei mir bist.«

»Claire ...«

Den ganzen Morgen gingen mir die Tage mit Malcolm und seine Stimme nicht mehr aus dem Kopf.

Und jetzt saß ich wieder in meinem Büro und wollte am liebsten nicht hier sein. Der Gedanke war mir noch nie gekommen und doch gefiel er mir.

»Miss Watefield!«

Ich zuckte zusammen, weil Samira vor mir stand und das anscheinend schon eine Weile.

»Entschuldigen Sie, was?«

»Ich wollte Ihnen noch die Akten dalassen, die sich während der letzten Woche angesammelt hatten.«

Samira zeigte auf die vier oder fünf Akten, die als Stapel neben mir auf dem Schreibtisch lagen. Ich seufzte.

»Alles in Ordnung? Sie wirken etwas müde, wenn ich das sagen darf.«

Ich schüttelte den Kopf. »Alles ist in Ordnung.«

Samira nickte und verschwand dann wieder aus meinem Büro. Aber ich war nicht lang allein. Simon kam mit schnellen Schritten herein.

»Simon!« Ich stand auf und wollte gerade sagen, dass es vorbei war, da ergriff er bereits das Wort.

»Ich weiß, dass ich unprofessionell gehandelt habe.« Was?

Simons Hände berührten meinen Schreibtisch. Er wirkte ziemlich nervös.

»Ich hätte niemals etwas mit einer Mitarbeiterin anfangen sollen.«

»Simon ...«, wollte ich ihm dazwischen reden, weil es sicherlich nicht nur seine Schuld war.

»Hör auf, Claire. Ich hätte mich zurückhalten sollen. Ich habe nicht mehr darüber nachgedacht, was das für die Firma und für uns beide bedeuten würde. Und das Dumme an der Geschichte ist, dass ... dass ich mir mehr erhofft habe, wobei von Anfang an klar war, dass eine Frau wie du ... dass du momentan keinen Wert auf etwas Festes legst.«

»Simon, wirklich ...«

Er hob die Hand. »Ich habe eine Frau kennengelernt, Claire.«

»Oh.« Jetzt war ich es, die nicht mehr wusste, was sie sagen sollte. Wobei er mich auch die ganze Zeit nicht ausreden ließ.

»Wirklich, ich weiß nicht, ob es was wird. Aber ... sie hat Interesse, ich habe Interesse.« Simon zuckte mit der Schulter und lächelte. »Es ist ein gutes Gefühl, wenn man weiß, woran man ist.«

Und jetzt fühlte ich mich einfach schlecht. Schlecht, weil es Malcolm gab. Schlecht, weil ich Simon nie so gesehen hatte wie Malcolm.

»Es tut mir leid, wirklich. Ich ... ich hätte genauso wenig irgendwas beginnen sollen. Immerhin wollte ich dir nicht wehtun, oder kaputtmachen. Vor allem nicht unsere gute Zusammenarbeit.«

Es stimmte. Ich wollte nichts zerstören, aber im Grunde hatte ich es darauf angelegt. Mir war bewusst, dass Simon attraktiv war und mich auch ganz gut fand. Und obwohl ich wusste, dass ich einfach nicht bereit war mit ihm etwas Festes anzufangen, ließ ich mich auf etwas ein, das zum Scheitern verurteilt war. So lief das immer bei mir. Bis jetzt …

»Schon gut«, antwortete er und wirkte ehrlich und vor allem erleichtert. Es stand die ganze Zeit etwas zwischen uns. Wer würde die Affäre beenden und vor allem, was für Konsequenzen würde es geben, wenn es passierte. Aber jetzt schien es wirklich gut auszugehen.

Ich stand auf und umarmte ihn kurz.

»Danke, dass du zu mir gekommen bist, Simon.«

Er nickte und berührte mich kurz an der Wange. Das Nächste, was ich mitbekam, war, wie mein Chef zu Boden fiel.

Malcolm stand neben mir und sah wütend auf Simon herab.

»Ich nehme an, das ist Simon!«, sprach er sauer.

»Das ist nicht dein Ernst!«, sprach ich fassungslos und half Simon hoch. Der hielt sich die Nase, weil Blut herausströmte.

»Er hat dich angefasst. Warum fasst er dich verdammt noch mal an?«

Malcolms Blick traf meinen. Seine Augen glühten vor unbändigem Zorn.

»Wer zum Teufel ist das, Claire?«, fragte Simon, und ich war gerade sehr froh darüber, dass er nicht so emotional wie Malcolm war. Sonst würde das hier in einer Schlägerei enden.

»Hast du ihm nichts von mir erzählt?«, fragte Malcolm mich noch gereizter als zuvor schon.

»Klar, Simon erkennt dich durch den Faustschlag, Malcolm. Ganz großes Kino.«

»Du hast das mit ihm immer noch nicht beendet?« Malcolm wirkte geschockt und noch wütender als vor dem Faustschlag.

»Gott, Malcolm! Simon und ich hatten eine Affäre, ja. Aber da war schon lange nichts mehr, und bevor du ihn niedergeschlagen hast, hatten wir auch alles geklärt!«, machte ich ihm klar und reichte Simon ein Taschentuch aus meiner Handtasche.

»Das ist dein Neuer?«, hakte jetzt auch Simon nach und drückte sich das Taschentuch an die Nase.

»Alles in Ordnung?« Samira stand in der Tür, und schien sich nicht wohlzufühlen in ihrer Haut. Willkommen im Club!

»Samira, gehen Sie wieder an die Arbeit und schließen Sie die Tür«, bat ich sie, und so schnell, wie es ihr möglich war, verschwand sie auch.

»Super. Jetzt weiß es gleich die ganze Firma«, murmelte ich und rieb mir die Stirn, dann bemerkte ich Malcolms Bewegung und instinktiv stellte ich mich zwischen ihn und Simon.

»Lass mich vorbei!«, bat mich Malcolm, der sich gerade so zurückhalten konnte.

»Hör auf, Malcolm! Willst du deinen Job aufs Spiel setzen?«

Da hatte ich ihn. Er sah mich endlich an, und die widersprüchlichen Gefühle, die er mir in diesem Blick zeigte, gefielen mir nicht. Piloten durften mittlerweile nicht mehr vorbestraft sein. Er durfte nicht weitergehen!

»Claire und ich sind nicht liiert«, erklärte sich jetzt Simon. »Obwohl sie mir zu verstehen gegeben hat, dass sie gar kein Interesse an einer festen Beziehung hat, verwundert mich diese ganze Situation hier jetzt sehr.«

Ich seufzte.

»Malcolm ist ein alter Freund und ...«

Malcolm schnaubte jetzt. So langsam kam ich wirklich nicht mehr mit. Wenn ich dem einen etwas erklärte, war der andere wiederum gekränkt.

Die Türen öffneten sich und zwei Männer von der Security traten ein.

»Na großartig«, murmelte ich.

»Sie sollten jetzt gehen«, mischte Simon sich wieder ein und stellte sich plötzlich vor mich. Malcolms Blick wich ich aus. Was sollte ich verdammt noch mal tun? Hier ging es um meinen Job, und mit Malcolm konnte ich alles später noch regeln.

Und Malcolm ging tatsächlich ohne ein weiteres Wort aus dem Büro. Die Männer von der Security folgten ihm.

Lang sah ich ihm nach. »Als ich in dein Büro kam, um mit dir über alles zu reden, habe ich keinen Nachfolger erwartet.«

Simon schmiss das Taschentuch in den Müll und schien mit dem Schmerz leben zu können.

»Es tut mir leid, ich weiß nicht, was das von ihm sollte. Ich meine ...«

Simon lächelte kurz, verzog aber dann das Gesicht, als seine Nase dabei schmerzte.

»Er hat etwas angenommen, das nicht mehr zutrifft, Claire. Ich kann das verstehen.«

»Du wirst ihn nicht anzeigen?« Hoffnung war etwas, das ich schon lange nicht mehr empfand.

»So verrückt und auch riskant das war, beeindruckt von dem Schlag war ich. Immerhin habe ich seit der Highschool keine mehr verpasst bekommen.«

Gott, die Erleichterung war mir anzusehen, und es war mir gerade total egal.

Simons Augen glänzten vergnügt. Typisch Männer.

Malcom

Ich Trottel musste erst morgen wieder in den Flieger.

»Ich hätte einfach zum Flughafen gehen sollen«, murmelte ich und hielt mir einen Eiswürfel an die Hand. Mit der anderen trank ich den Scotch aus.

Nachdem ich diesem Wichser von Boss eine verpasst hatte, war ich nach Hause gegangen. Und seitdem saß ich vor meinem Panoramafenster und starrte hinaus.

Irgendwann klingelte es. Seufzend lief ich zur Tür und öffnete sie. Claire.

Sie sah stinkwütend aus. Ohne ein Wort lief sie an mir vorbei, pfefferte ihren Mantel hin und feuerte los.

»Kannst du mir mal verraten, warum du meinen Chef geschlagen hast?«

Ich sagte nichts, weil ich erst mal wieder mein Glas auffüllen wollte.

Sie folgte mir durchs Wohnzimmer.

»Schöne Wohnung. Also, gibst du mir bitte mal eine Antwort?«

»Was willst du hören, Claire?« Ich seufzte, weil ich wirklich nicht wusste, wie ich mit dem ganzen Scheiß umgehen sollte.

»Eine Erklärung wäre mal ganz gut.«

Ich schnaubte. »Eine Erklärung«, wiederholte ich, zog mir den nächsten Drink rein und starrte hinaus.

»Malcolm!«

Sie ließ einfach nicht locker, und ich war ehrlich gesagt immer noch angepisst, weil dieses Bild mir nicht aus dem Kopf ging, wie ein anderer Mann sie angefasst hatte.

»Er hat dich angefasst!«, brüllte ich sie an und war nicht mal mehr Herr meiner Sinne. »Verdammt noch mal, was zum Teufel ist das hier? Ich kann nicht mal klar denken, weil ich ständig seine Hände an deinem Körper sehe! Wie so ein Scheißfilm, der sich immer wiederholt wie in einer Endlosschleife.«

Ich setzte mich, weil mich das total kirre machte.

»Ich glaube«, seufzte sie. »Das nennt man Eifersucht.«

Ich schnaubte, weil sie wohl verdammt richtig lag. Ich war eifersüchtig und hatte ihrem Chef eine verpasst. Mir war bewusst, dass ich ihr ganz schönen Ärger gemacht hatte, aber … verdammt, ich wollte sie am liebsten nicht mehr in der Nähe eines Mannes sehen.

»Malcolm, hey …«

Sie kniete vor mir, damit sie mich ansehen konnte. Ich konnte ihr gerade nicht in die Augen blicken. Entweder würde ich noch wütender werden oder aber ich würde ihren strafenden Blick nicht ertragen können.

»Simon und ich hatten über ein paar Monate etwas, und die Sache war irgendwie ungeklärt geblieben. Ich habe schon Wochen keinen Sex mehr mit ihm gehabt.«

Auch wenn sie den Satz »Sex mit Simon« am liebsten nie wieder erwähnen sollte, war ich erleichtert. Denn ehrlich gesagt, hatte ich mir keinen Gedanken mehr über den Honk gemacht, der Claire nicht halten konnte. Ich wollte einfach mit ihr zusammen sein.

»Wie sieht es überhaupt bei dir aus?«, fragte sie auf einmal.

Verwirrt sah ich ihr jetzt in die Augen. Claire trug noch immer die Klamotten von vorhin.

»Na ja, wer von uns beiden war die kleine Hure?«

Autsch. »Einmal und dann nie wieder. Meine Devise, Claire.«

Sie musterte mich kritisch, aber bei dem Thema machte ich niemals Scherze.

Vor Claire gab es Regeln. Regeln, die ich mir nur bei ihr traute, zu übertreten. Noch war ich nicht bereit, darüber nachzudenken, warum es nur bei Claire so war.

Auf einmal hörten wir ein Kichern, das mit Sicherheit von einer Frau stammte.

»Malcolm!«

Claire wirkte entsetzt, aber ich genauso. Hastig stand ich auf und folgte dem Gekicher. In meiner Haustür stand John, der gerade dabei war, einer Frau die Kleider vom Leib zu reißen.

»Was zum Teufel soll der Scheiß, John?«, brüllte ich sofort drauf los.

John ließ vor Schreck die Frau in seinen Armen zu Boden fallen. Sie quiekte wie ein verletztes Tier, als ihr Hintern meinen Boden traf.

»Oho.« Johns Reaktion half ihm jetzt nicht wirklich.

Die Frau vor uns bedeckte ihre Brust, die aus dem Kleid gequetscht wurde.

»Das ist John?« Jetzt fragte Claire mich schon, weil sie selbstverständlich nicht wusste, dass das hier auch neu für mich war.

Also ignorierte ich ihre Frage.

»Das stellst du also mit meinem Schlüssel an, wenn du denkst, ich sei nicht zu Hause«, sagte ich und verschränkte die Arme vor der Brust.

»Ach, komm schon, Malcolm. Meine Bude war zu weit weg und ...« John musterte Claire aufmerksam. Zu aufmerksam. »Vielleicht könnten wir vier ja ...«

»Fass Claire an, und du hast das letzte Mal einen Schlüssel benutzen können«, machte ich ihm klar.

»Claire«, sprach John, bekam dann große Augen und starrte jetzt noch intensiver meine Kleine an. »Oh, Claire. Du bist Claire!«

»John, was soll das alles hier?«, mischte sich jetzt die Tussi auf dem Boden ein.

»Hier, besorg uns schon mal ein Taxi.« John warf ihr einen Schein hin, den sie natürlich annahm und grinsend meine Bude verließ.

Claire gab ein undamenhaftes Schnauben von sich.

»Es freut mich, dich mal kennenzulernen«, begrüßte er sie und nahm ihre Hand, um ihr einen Kuss auf den Handrücken zu hauchen.

Sie entzog ihm schnell die Hand, was mir eine Genugtuung verschaffte, die fast schon mit einem Orgasmus zu vergleichen war.

»Mmh ... Temperament. Das sind mir die Liebsten«, sprach John anzüglich, kassierte dann aber einen Schlag in die Seite von mir. »Autsch! Das war doch nur ein Scherz.«

»Ich glaube, ich kenne da jemanden, der wirklich sehr gut zu dir passen würde«, sagte Claire plötzlich und irritierte mich mit ihrer Aussage.

»Ach, wirklich?« John biss an. Er biss immer an. Es war fast schon peinlich.

»Oh ja, meine Mitbewohnerin. Sie ist vor ein paar Jahren hergezogen. Und sie ist ganz hin und weg von den amerikanischen Männern. Am liebsten hat sie diese rauen Männer, Cowboys, du verstehst.« Claire zwinkerte ihm zu.

Ich grinste, weil mir jetzt klar wurde, was sie da vorhatte. Und John sprang voll drauf an.

»Verdammt, genau nach meinem Geschmack. Dann sollte ich sie so schnell es geht kennenlernen.«

»Sehe ich auch so«, antwortete Claire ihm und blickte ihn todernst an. Also lügen konnte sie verdammt gut, wenn sie wollte.

John sah zu mir. »Ich mag sie.«

Er verabschiedete sich von uns, nachdem ihm bewusst war, dass er die Tussi fünfzehn Minuten lang unten warten gelassen hatte. Sein schlechtes Gewissen hielt sich in Grenzen, aber er ließ uns - Gott sei Dank - irgendwann allein.

»Du bist mit John befreundet, einer anscheinend noch größeren Hure als du selbst, machst mir aber Vorwürfe, weil ich etwas mit meinem Boss hatte?«

»John nervt, ist aber auch ein klasse Typ«, rechtfertigte ich mich.

Wir standen uns direkt gegenüber und sahen uns an.

»Ich darf meinen Job übrigens behalten«, klärte sie auf.

»Du hast etwas Besseres verdient«, antwortete ich ihr ehrlich.

Sie zuckte mit der Schulter und kam auf mich zu. »Der Job zahlt meine Miete, Malcolm.«

»Und doch hast du etwas anderes verdient ...«

Sie drückte sich an mich, sodass mein Schwanz zu arbeiten begann.

»Du wirst nie wieder Gewalt anwenden. Es sei denn, ich bitte dich darum. Okay?«, schlug sie mir vor.

Mir war bewusst, dass sie davon ausging, diesen Befehl niemals sagen zu müssen. Aber ich kannte diese verschissene Welt. Sie war dunkler, als Claire annahm. Auch über mich wusste sie etwas nicht ... etwas, das ihren Blick, wenn sie mich anschaute, verändern würde. Aber ich wollte nicht darüber nachdenken. Nicht jetzt.

»Fasst er dich wieder an, werde ich ihm mehr brechen als seine Nase«, verkündete ich und meinte das absolut ernst.

»Du hast ihm nicht die Nase gebrochen!«, meinte sie.

»Ich hätte es tun können.«

Sie schien darüber nachzudenken, fixierte mich aber mit ihrem Blick. Dieser Blick ...

Mit einem Schritt war ich bei ihr, packte ihren Hintern und hob sie so hoch, sodass sie an mich gedrückt in meinen Armen hing.

Mein Schwanz pulsierte in meiner Hose.

»Malcolm ...«, seufzte sie und drückte ihre Stirn an meine.

Mein verdammtes Herz drohte aus meiner Brust zu fallen.

»Ich hätte dir am liebsten den Hals umgedreht, weil du Simon geschlagen hast, aber ich tue es nicht ...«, sprach sie und betonte es so, als würde es Claire selbst nicht ganz glauben. »Was ist das nur mit uns ...«

Sie wollte wirklich eine Antwort? Verdammt, ich konnte das doch selbst nicht erklären.

Der Gedanke oder die Fantasie, Claire für mich zu haben, war eben damals nur das: ein Gedanke und eine Fantasie!

Auch würde ich mich niemals dafür entschuldigen, so gehandelt zu haben. Denn es war richtig. Sie sollte ihren Boss - mit dem sie schon was hatte - nicht so umarmen. Nicht, wenn sie mir gehörte. Und das tat sie.

»Etwas Gutes«, antwortete ich und küsste sie, damit wir weniger sprechen und mehr fummeln konnten. Und sie reagierte wie immer auf meine Lippen, so als könnte sie nicht anders. Und wieder drückte sich mein Herz, das eigentlich längst seine Arbeit hätte aufgeben sollen, verdächtig gegen meine Brust.

Claire

»Und deswegen liebe ich Spareribs.« Endlich hatte John damit aufgehört über die wunderbaren amerikanischen Fast-Food-Gerichte zu reden. Er wollte Claudia damit beeindrucken, in einem typischen Diner zu essen. Malcolm und ich sagten nichts und genossen den Spaß. Denn John war immer noch nicht auf den Trichter gekommen, dass Claudia alles andere als begeistert von ihm war. Sie hasste Patriotismus, vor allem konnte man das sehr gut sehen, als er begann die Nationalhymne zu singen, weil Malcolm ganz ernst meinte, er könnte sie nicht. Man, ich musste mich so zusammenreißen.

»Das ist ja wunderbar«, sprach Claudia, hörte sich aber ganz und gar nicht »wunderbar« an. Nur John checkte es einfach nicht und das war wirklich urkomisch.

»Und was liebst du so?« Die Betonung in Johns Stimme, den Arm, den er ihr direkt auf die Lehne gelegt hatte, registrierte auch Claudia. Und es missfiel ihr. Das war ihr deutlich anzusehen. Nur John erkannte das nicht. Der schien wirklich ausnahmslos nur mit seinem Schwanz zu denken.

Malcolm berührte mein Knie. Und da ich ein knielanges Kleid trug, konnte er meine nackte Haut berühren. Sofort fing meine Haut an zu kribbeln. Ich lächelte ihn an, er zwinkerte.

»Erzähl mal, Malcolm«, sprach Claudia uns an, und ignorierte gekonnt John, dem nicht gefiel, dass sie nicht so fasziniert von ihm war wie er von ihr. »Wie hast du es geschafft, dass aus Claire doch noch so etwas wie eine glückliche Frau wird.«

»Claudia, ich war immer zufrieden«, fuhr ich sie an.

»Ja ja, und ich bin eine stolze Amerikanerin. Übrigens hast du »zufrieden« gesagt, nicht »glücklich«.«

Ich zeigte ihr den Mittelfinger und Claudia streckte mir ihre Zunge entgegen.

»Glaub mir, unser Malcolm hier war vor Claire auch alles andere als zufrieden«, stimmte John mit ein und machte mich neugierig. Er kannte ihn also doch besser als angenommen. Obwohl John ein echter Idiot war, schien er sich mit Malcolm zu verstehen. Zumindest insofern, dass er etwas über Malcolms Wesen wusste. Ich sah immer noch den Teenager, der jetzt zu einem Mann geworden war. Und da wurde mir bewusst, dass ich wirklich nicht so viel über den neuen Malcolm wusste. Vor allem, was sein Verschwinden anging ... Darüber redete er immer noch nicht.

»John.« Die Drohung in Malcolms Stimme war greifbar.

Jetzt war ich es, die die Hand auf sein Bein legte. Aber Malcolm erwiderte nicht meinen Blick, er sah stur zu John, der sich nicht daran störte. Er erzählte lieber, was mir auch nichts ausmachte, immerhin ging es dabei um Malcolm.

»Er war schon immer der nachdenkliche Typ gewesen. Das fanden vor allem die Ladys interessant.

Deswegen hat er immer die meisten Angebote bekommen, wenn wir in einer Bar saßen.«

»Okay, Zeit für mich, mal eben für »kleine Mädchen« zu gehen«, sprach ich und stand auf. Auch wenn ich unbedingt mehr über Malcolms Leben wissen wollte, diese Information brauchte ich nicht zu hören.

»Soll ich mitkommen?«, fragte Claudia, aber ich winkte ab und lächelte Malcolm an, der mich besorgt musterte. Wenn er glaubte, so etwas würde mich wütend machen, dann irrte er sich. Es gefiel mir nicht, aber ich war alt genug zu wissen, dass es zu seiner Vergangenheit gehörte.

»Bin gleich wieder da«, murmelte ich und gab Malcolm einen kurzen Kuss auf die Wange. Wenn ich seine Lippen berühren würde, wäre ich sofort in einem Strudel aus Verlangen und Begierde gelandet. Und in einem Diner wäre das keine gute Idee gewesen.

Ich musste mich mehrmals zwischen Leuten durchdrängen, weil der Laden immer voller wurde. Aber nach ein paar Metern fand ich endlich den Weg in die Damentoilette. Merkwürdigerweise war diese menschenleer. Ich entleerte meine Blase und hörte dabei schon, wie die Tür sich öffnete. Natürlich dachte ich mir nichts dabei, kam aus meiner Kabine und begann vor dem Waschspiegel meine Hände zu waschen. Als ich meinen Blick hob, zuckte ich erschrocken zusammen, weil ich Finnigan im Spiegel sah. Er stand direkt hinter mir und grinste anzüglich.

Ich drehte mich zu ihm um.

»Was willst du denn hier? Das ist die Frauentoilette, du hast hier keinen Zutritt.«

Es war beunruhigend. Sehr beunruhigend, dass Finnigan mir gefolgt war. Das war offensichtlich. Ich blickte zur Tür. Schaffen würde ich es.

»Ich will nur reden«, sprach er, blieb aber an Ort und Stelle stehen. Er trug die gleichen Klamotten wie vor ein paar Tagen, als wir ihn in Brooklyn getroffen hatten. War das damals schon kein Zufall gewesen, ihn dort getroffen zu haben?

»Und das kannst du nicht über Facebook?«, fragte ich mit zittriger Stimme nach. Obwohl ich wenig im sozialen Netzwerk agierte, war das gerade einfach nur Smalltalk, den ich halten wollte. Immerhin war das hier keine Situation, die einen daran erinnerte, wie sicher Großstädte waren.

»Nicht diese Sache«, antwortete er mir mit ernster Stimme.

Ich runzelte die Stirn. Worum ging es hier?

Finnigan nickte zur Tür.

»Du kannst gerne wieder zurück zu ihm. Aber vielleicht interessiert dich ja, zu wem du da eigentlich zurückwillst.«

Meine Stirnfalten vertieften sich und auf einmal wollte ich diese Toilette nicht mehr verlassen. Finnigan trug keine Waffe mit sich, er stand gelassen an der Wand und machte auch keinen Schritt auf mich zu. Ich wäre sicher. Ich könnte jederzeit hinausgehen. Also blieb ich an Ort und Stelle stehen und wartete ab.

»Ich sehe schon«, grinste er. »Frauen und ihre Neugier.«

»Du folgst mir bis hierhin, es wird also keine kleine Sache sein. Nun, was willst du?« Ich verschränkte die Arme vor meiner Brust und wartete ungeduldig ab.

Malcolm war nur zehn Meter von hier entfernt. Wenn Finnigan was anstellen würde, würde ich schreien. Ich wäre nicht allein! Dieses Mantra betete ich mir immer wieder vor.

»Es liegt lange zurück. So lang, dass ich kaum noch drüber nachgedacht habe, und ich habe eine Menge Zeit über jeglichen Scheiß nachzudenken«, begann er und lief die wenigen Kabinen entlang. Ich achtete auf jede seiner Bewegungen. Dann blieb er stehen und sah mich wieder an. Finnigan wirkte mindestens 15 Jahre älter als ich, wobei es, soweit ich mich erinnerte, nur sechs waren. »Aber als ich euch beide gesehen habe, und nachdem Parker mir einen Besuch abgestattet hat ... na ja ...« Er machte ein zischendes Geräusch und grinste dann. »Ich finde einfach, dass du die Wahrheit verdient hast.«

»Moment mal. Malcolm hat dich besucht?«, hakte ich nach.

Er nickte. »Bevor ihr zum Waisenhaus kamt. Er war bei mir und bat mich, die Klappe zu halten, wenn wir uns begegnen sollten. Eigentlich ganz schön witzig, ich verlasse meine Bude kaum noch. Die Chance, dir zu begegnen, war ziemlich gering.« Finnigan lief hin und her. »Aber als er kam, mit seinem beschissen teuren Anzug, dem gestyltem Haar und diesem verdammten Gang eines selbstbewussten Wichsers, der dazu noch 'ne Menge Kohle scheffelte, dachte ich mir ...« Er sah sich um, als würde er wirklich darüber nachdenken. »Warum zum Teufel sollte ich auf ihn hören?«

»Warum ist er in deine Wohnung gekommen?«, fragte ich ihn geradeheraus. Er sollte aufhören, um den heißen Brei zu reden und endlich auf den Punkt kommen!

Finnigan grinste. »Warum wohl? Er wollte seinen alten Dealer besuchen.«

»Was?« Fassungslos schaute ich ihn an.

Er hob beruhigend die Hände. »Nein, nein. Du hast einen falschen Gedanken. Ich habe ihm nie Drogen verkauft.« Finnigans Augen funkelten vergnügt. »Ich habe sie ihm gegeben, damit er es tut.«

»Du lügst. Das kann nicht sein«, sprach ich und versuchte den Faden wiederzufinden. Finnigan log. Das war nicht Malcolm. Das hatte er nicht gemacht!

»Denk nach, Claire. Du hast die Zeichen gesehen, nur nicht genau hingeschaut. Wobei ... du warst ein Teenager. Du hast nur das gesehen, was du sehen wolltest.«

Seine Worte ergaben Sinn, aber mein Kopf wollte sie nicht akzeptieren.

»Er hat dir Kohle gegeben. So viel, dass du dir keine Sorgen machen musstest mit dem mickrigen Taschengeld, das du vom Amt bekommen hast. Wenn du gefragt hast, wo er die Nacht über war, sprach er nie darüber. Es sei denn, er hat dich mit der Ausrede belogen, er würde Nachtschichten im Supermarkt einlegen.«

Ich hatte gar nicht mitbekommen, wie er näher gekommen war. Seine Worte trafen genau ins Schwarze, aber war das der Beweis? Niemals.

»Glaubst du, der alte Woodstock hätte ein Problemkind wie Parker in seinem Laden arbeiten lassen? Er hätte Kundschaft verloren, hätte vermutlich zumachen müssen.« Ich sah ihn an. Er blickte mich mit ernstem Gesicht an, als würde er alles daran setzen, mich überreden zu müssen. »Und ganz sicher hätte er dir nicht immer wieder Kohle geben können. Der Job im Supermarkt würde gerade mal so für eine Miete am Randbezirk reichen.«

Aber dort wohnte er nicht. Er lebte drei Blocks von mir entfernt. Drei Blocks. Malcolm steckte mir heimlich immer Geld unter das Kissen. Keine Peanuts, echte Scheine! Jeden verdammten Monat. Und er arbeitete meistens nachts. Nein, er arbeitete immer nachts. Dann, wenn die Junkies auf die Straße kamen, um sich in der Dunkelheit geschützter zu fühlen.

Mir wurde übel. Das erklärte einfach alles. Dass er mir nichts sagen wollte. Dass er ... ständig wütend wurde, wenn ich ihn drauf ansprach.

»Wenn du mir nicht glaubst, frag ihn. Er wird dir irgendwas erzählen wollen, aber nicht die Wahrheit. Äußerlich mag er nicht mehr der Typ sein, dem das Wort »Problemkind« auf der Stirn geschrieben ist. Aber innerlich ist er immer noch derselbe.«

Ich blickte ihm in die Augen. Finnigan wirkte müde, sehr müde. Das unterstrichen die Augenringe, der ungepflegte Bart und die längeren Haare. Er roch streng, als ob er keinen Wert auf Körperpflege legte.

»Du könntest lügen. Einfach, damit er ...« Er ließ mich nicht ausreden.

»Ach, kleine Claire ... du hast ihm schon damals alles bedeutet.« Er berührte eine meiner Haarsträhnen. Ich zuckte zusammen, er ließ sie sofort los. »Damals dachte ich, wir kommen beide aus dem Scheiß raus. Ich habe mich geirrt. Nur Parker hat es geschafft.«

»Und das nimmst du ihm übel.« Er brauchte es nicht bestätigen, ich sah es in seinen Augen.

»Ich habe nichts mehr. Als Parker mich besucht hat, gab er mir zumindest einen Moment der Rache. Reich bleibt er, aber muss er dabei glücklich bleiben?«

Finnigan lief endlich zur Tür, damit ich einmal durchatmen konnte.

»Finnigan!«, rief ich und tatsächlich hielt er inne, als er die Tür öffnete.

»Woher weiß ich, dass du die Wahrheit sagst? Du könntest mir auch hier irgendwas erzählen und ...« Die letzten Worte verschluckte ich. Abwartend sah ich ihn an. Er lächelte verhalten. So als wäre er nicht stolz darauf, was er getan hatte.

»Frag ihn, Claire ... dann wirst du es wissen.«

Er ließ mich allein zurück. Mein Mund wurde staubtrocken. Ich stand kurz vor einer Panikattacke. Wenn Finnigan log, war das hier eine total übertriebene Reaktion, immerhin sprachen wir hier von Drogen. Drogen, die Malcolm verkauft haben sollte!

Nein! Nein, das hatte er nicht getan.

Ohne zu zögern, verließ ich die Toilette und lief in den Laden zurück, blieb aber stehen, um Malcolm zu beobachten. Er saß immer noch am Tisch mit John und Claudia. Er lächelte immer wieder, sprach dann etwas und hörte wiederum zu. Auf einmal konnte ich nicht mehr dorthin zurück. Meine Füße fühlten sich wie Blei an. Was, wenn er es getan hatte? Wenn er Drogen verkauft hatte.

2003
New York

Claire

Malcolm lag im Gras, ich saß neben ihm auf der Wiese im Central Park. Eigentlich hätten Malcolm und ich längst ins Waisenhaus gemusst, aber wir wollten die letzten Sonnenstrahlen genießen.

Wir hörten und beobachteten die Leute, die hier spazierten, die Hunde, die ausgeführt wurden, und manche Fahrradklingel, die benutzt wurde. Aber nichts ging über diesen Anblick. Ein wolkenloser blauer Himmel, dazu der Geruch von Gras. Die Sonnenstrahlen fühlten sich wunderbar auf der Haut an. Es war einfach perfekt.

»Du, Malcolm?«

»Mmh?«

Er war schon fast eingeschlafen. Das passierte ihm immer, wenn wir hier lang genug lagen.

»Träumst du auch manchmal davon, einfach ein anderer zu sein?«

»Klar«, sprach er. »Tom Cruise in Mission Impossible 2 war echt super. Aber da ich circa zwei Köpfe größer bin als er, bin ich definitiv cooler.«

Ich kicherte und spielte mit einem Grashalm herum.

»Ich meine eher so was wie, dass wir eine Familie gefunden hätten. Jemanden, der uns adoptiert.«

Eine ganze Weile blieb er still. Ich dachte schon, er wäre eingeschlafen.

»Wir haben doch uns. Das ist wie Familie, Claire.«

»Ja, aber jeder braucht einen Dad oder eine Mom.«

»Brauchen wir das? Du hattest eine Mom und einen Dad. Und die haben sich lieber Drogen und Alkohol gekauft, anstatt dir etwas zu essen.« Er schnaubte, wie er es immer machte, wenn wir darüber sprachen.

»Du hast recht«, murmelte ich. »Ich hasse diese Drogen und den Alkohol. Sie haben alles kaputt gemacht.«

»Nicht alles«, antwortete er mir und saß plötzlich neben mir. Wir grinsten uns an. Stimmt, wir hatten uns!

Malcom

Ich sah auf meine Uhr. Claire war schon fast 15 Minuten auf der Toilette.

»Was ist los? Sorgen, dass deine Freundin nicht mehr kommt?«, begann John. »Vielleicht ist sie ja geflohen. Gibt es auf den Toiletten Fenster?« Er sah Claudia an, die mit den Augen rollte.

John zu ignorieren, war einfach. Und dann sah ich Claire wenige Meter vor mir stehen. Da so viel los war, hatte ich sie nicht sofort gesehen. Sie stand dort und starrte mich an. Als sie mitbekam, dass ich sie entdeckt hatte, flackerte ihr Blick. So als wüsste sie nicht, was sie jetzt tun sollte. Was war denn mit ihr los? Claire wirkte völlig durcheinander.

Als sie dann urplötzlich den Laden verließ, wusste ich definitiv, dass etwas nicht stimmte. Ich griff nach meinem Mantel und ihrer Jacke.

»Sorry, wir müssen los.«

Claudia und John konnten nicht mal reagieren, aber der 50-Dollar-Schein, den ich den beiden auf den Tisch legte, würde sie hoffentlich etwas beruhigen.

Ich folgte ihr hinaus und bemerkte die ersten Schneeflocken, die herunterkamen. Claire lief auf dem Bürgersteig, ohne Jacke, und rieb sich schon die Arme.

»Claire!«

Meinen Ruf ignorierte sie, also rannte ich ihr wie ein Idiot hinterher. Sie war schnell zu erreichen, weil sie mit gesenktem Kopf lief und anscheinend nicht bemerkte, wie ich ihr hinterhergelaufen kam.

»Bist du wahnsinnig? Es schneit!«, klärte ich sie wütend auf und reichte ihr die Jacke. Sie war stehen geblieben und starrte darauf, als könnte sie gerade nicht zuordnen, warum ich das machte.

»Claire«, drängte ich sie, endlich die Jacke anzuziehen.

Ihr Blick hob sich, und was ich dort sah, gefiel mir ganz und gar nicht. Sie wirkte entschlossen und wütend.

»Hast du damals Drogen verkauft?«

Ihre Frage war ein Schock für mich, und doch versuchte ich, mir nichts anmerken zu lassen.

»Wovon zum Teufel sprichst du?«

Sie lachte leise auf, sodass die ausgeatmete Luft sich in eine kleine Wolke verwandelte.

»Gegenfragen sind nie gut, wenn man eine Antwort erwartet, Malcolm.«

»Claire ...« Ich wollte sie berühren, ihr irgendein Gefühl davon geben, dass ich verdammt noch mal nicht mehr 19 Jahre alt war, aber sie entriss sich mir.

»Ich habe dir schon mal gesagt, dass du dieses verdammte »Claire« lassen sollst!«, schrie sie mich an und wich mir aus.

Mein Puls schlug schneller in meinem Körper, als mir klar wurde, dass sie mir kein weiteres Wort mehr glauben würde.

Wir blickten uns weiterhin in die Augen. Claire sah mich an, als würde sie mich am liebsten erwürgen.

Scheiße, ich konnte sie verstehen. Nicht mal jetzt hatte ich die Eier, ihr die Wahrheit zu sagen. Das hatte ich nie!

»Du hast es getan.«

Sie wusste es. Ich wusste es. Also sagte ich nichts, biss die Zähne zusammen und starrte sie an.

»Das viele Geld ... du hast das alles von irgendwelchen Kids, die dir Drogen abgekauft haben!«

Ich öffnete den Mund, ignorierte die Passanten, die uns bereits immer wieder begafften.

»Lass uns woanders darüber reden.« Ich ergriff wiederholt eine ihrer Hände, aber sie entriss sie wieder, als würde sie das nur anwidern. Meine Berührung!

»Und dann willst du reden?« Claire lachte sarkastisch auf. »Ausgerechnet du? Weißt du, was du kannst, Malcolm?« Plötzlich kam sie mir näher und schaute mich wutentbrannt an. »Ficken! Das konntest du. Statt über Gefühle, Probleme oder deine verdammte Mutter zu reden, hast du gefickt. Was ist schon dabei ohne Gefühl, völlig emotionslos eine Fotze nach der anderen zu vögeln. Die halten ja den Mund!«

Ich zögerte nicht, als ich sie in die nächste Gasse zog und an die Fassade drückte. Es interessierte mich auch kein Stück, dass sie versuchte, mir zu entkommen. Claire war klein und untrainiert, ich hingegen stemmte 250 Pfund. Sie sollte mich nicht für schwach halten, nur weil sie meine Schwäche war.

Ich ignorierte das Apfelshampoo und sah ihr in die Augen.

»Du bist wütend und das kapiere ich, okay«, begann ich und hörte mich genauso wütend an, wie sie zuvor.

»Aber erkläre du mir nicht, wie mein Leben ausgesehen hat, Claire. Nicht du!«

Claire schnaubte, ihre Nasenflügel bebten. Ich hatte ihre Hände gepackt und drückte sie immer noch an die Fassade. Es war bitterkalt, sie zitterte.

»Ich habe Fehler gemacht. Viele. Aber du bist keiner davon. Ja, ich habe Drogen verkauft.« Sie wusste es bereits, dennoch flackerte etwas in ihren Augen auf. »Aber nur, weil ich keine andere Möglichkeit hatte.«

Wie hätte ich sonst so schnell, gutes Geld verdienen können? Ich wollte da raus. Mit ihr. Ein verdammtes Waisenkind hätte doch niemals so schnell, so viel Kohle machen können. Aber ich konnte es ihr nicht sagen, weil das im Grunde nichts änderte. Ich hatte sie verletzt, da waren meine Beweggründe doch scheißegal.

Sie schüttelte den Kopf und schnaubte. Natürlich glaubte sie mir kein verdammtes Wort. Wieso sollte sie auch? Dann drehte sie sich mit dem Gesicht weg, und ich wusste, sie war gerade dabei, völlig dicht zu machen.

»Lass mich los«, flüsterte sie und nach kurzem Zögern ließ ich sie los.

Claire rieb sich weiter die Arme, stumm hielt ich ihr die Jacke hin, die ich zuvor auf den Boden geworfen hatte, um sie festhalten zu können.

Zu meiner Erleichterung zog sie diese jetzt über.

»Ich muss nach Hause.«

Sie wollte gehen? Nein! Die Panik war mir anzusehen, aber sie sah dennoch so aus, als wäre ihr das egal. Claire sah nicht einmal mehr zu mir.

»Bitte ...« Keine Ahnung, was ich eigentlich sagen wollte, aber das eine Wort kam mir trotzdem über die

Lippen. Der Schnee wurde schlimmer, die Flocken dicker und hingen in ihren Haaren fest. Claires Wangen waren gerötet von der Kälte. Obwohl sie so unsagbar traurig aussah, war sie die schönste Frau, die ich je gesehen hatte.

»Ich kann dir nicht helfen, Malcolm.«

»Du sollst mir nicht helfen, du sollst ...«

Jetzt sah sie mich wieder an. »Und wie soll das zwischen uns weitergehen? Ich kenne dich kaum. Zwölf Jahre lang habe ich mich gefragt, warum du fort bist. Selbst als ich dich das endlich fragen konnte, hast du es nicht sagen können. Wir waren in New York, haben das Waisenhaus besucht, wir ...« Sie stockte.

»Deswegen wolltest du bei mir bleiben. Du ... wolltest nicht, dass ich Finnigan begegne.« Ihr Mund verzog sich spöttisch. »Ich habe mir eingeredet, dass ich damals ziemlich naiv war, wenn ich dich für jedes Wort, das aus deinem Mund kam, angehimmelt habe. Jetzt habe ich keine Entschuldigung mehr dafür, außer dass ich einfach nur total dämlich bin.«

Dann lief sie los. Ich starrte auf ihre Rückenansicht. Gleich würde sie verschwinden ... nein!

Kurzerhand rannte ich ihr wieder hinterher.

»Warte! Claire!«

Bevor ich sie berühren konnte, drehte sie sich noch mal um. Die Tränen flossen nur so aus ihren Augen. Der Anblick schockte mich. Claire weinen zu sehen, war das Letzte, was ich wollte.

»Mit jeder Pille, jedem Stoff, den du auf den Straßen verkauft hast, hast du einen Junkie näher an den Tod gebracht. Menschen wie du waren dafür verantwortlich, dass ich meine Eltern verloren habe!«

Ich war absolut sprachlos, und so ließ sie mich auch zurück. Die Kälte kroch durch meinen Mantel, aber mir war das scheißegal. Hauptsache, ich spürte den Schmerz. Denn ich hatte ihn verdient.

»Du … wolltest nicht, dass ich Finnigan begegne.« Claires Worte trafen mich.

Ich biss die Zähne zusammen und wusste, wohin es mich als Nächstes verschlagen würde.

Er sah den Schlag nicht kommen. Erst verbrachte ich den Abend und die Nacht in irgendeiner Bar, bis ich die Schnauze voll hatte und dem Bastard einen Besuch abstattete, den er nicht so schnell vergessen würde.

Der erste Faustschlag, als er die Tür öffnete, traf ihn mitten ins Gesicht. Die Genugtuung war nicht da, also trat ich in seine Bruchbude ein und hob dieses wehrlose Stück Dreck auf. Finnigan sah mich an und grinste. Dafür kassierte er einen Schlag in den Magen. Er ächzte daraufhin. Ich ließ ihn los und wie ein Sack fiel er auf die Knie.

Er spuckte Blut und grinste weiter. Ich schmiss seine Haustür zu.

»Mach dir keine Sorgen. Hier interessiert es niemanden, was der andere macht«, sprach dieser miese Verräter. »Ich habe mir schon gedacht, dass du auf mich warten würdest. Bin auch erst vorhin zurückgekommen. Bin Zug gefahren, ist billiger als 'ne Maschine. Kennst dich damit ja aus …«

Er setzte sich auf den Hintern und rieb sich kurz den Magen. »Wie ich sehe, ist das Gespräch mit deiner Kleinen nicht so gut gelaufen.«

Bastard!

Mit einem Schrei ging ich wieder auf ihn los, aber diesmal wehrte er sich. Finnigan war aufgestanden und hielt dagegen, als ich versuchte, ihn in die nächste Ecke zu drängen. Ich griff seine Schulter, er meine ... dann bekamen wir so einen Schwung, dass wir beide gegen einen kleinen Tisch stießen und dann auf sein versifftes Sofa fielen. Er schlug mir ins Gesicht, ich ließ den Schmerz aber gar nicht erst zu, weil ich zurückschlug. Finnigan ließ von mir ab und setzte sich neben mich auf das Sofa.

»Fuck, du hast immer noch eine verdammt harte Rechte«, murmelte er und spuckte wieder Blut. Ihm war es scheißegal, dass er in seiner Rotze auch noch lebte.

»Fick dich!«, antwortete ich und prüfte mit der Zunge, ob alle Zähne noch an der gleichen Stelle waren. Jepp. Alles in Ordnung.

»Wir können uns gerne weiter prügeln. Ist ja nicht so, als wäre in meiner Bude irgendwas wertvoll.«

»Ich hab's verstanden! Du bist ein armer Schlucker und weil ich Geld habe, bin ich jetzt der Arsch. Schon verstanden.«

Ich drehte mich so schnell zu ihm um, dass er erschrocken aufkeuchte, als ich ihn an seinem Kragen packte und ihn leicht schüttelte.

»Rache? Das ist dein scheiß Motiv? Das ist es?«

»Wundert dich das?«, brüllte er mich an, und schubste mich von sich herunter. Er schaffte es nur, weil ich losgelassen hatte. Ich ließ mich auf den Boden fallen und fuhr mir durch mein Haar.

»Mich wundert gar nichts mehr«, murmelte ich und berührte die Platzwunde auf meiner Unterlippe mit der Zunge. Es brannte ein bisschen.

»Ich hätte gehen sollen«, seufzte er und setzte sich neben mich. Wir beide saßen jetzt wie zwei Hühner auf der Stange auf dem dreckigsten Boden, den ich jemals gesehen hatte.

»Hättest du, aber du bist nicht gegangen. Und jetzt willst du mein Leben zerstören, weil du denkst, es ist ja »ach so geil«, ja?«, stellte ich ihm die Frage und sah ihn an. Finnigan nickte unschlüssig. »Geld allein wird dich nicht glücklich machen, Finnigan. Glaub mir, ich hab es versucht.«

Ächzend stand ich langsam auf. Da sein Sofa steinhart war, weil es praktisch kaum noch Federung hatte, schmerzte auch mein Rücken wie verrückt.

»Aber es macht dir weniger Sorgen. Ich habe drei Kinder, Alter. Drei!«

»Okay, und das ist jetzt meine Schuld, oder was?«, fragte ich ironisch. Finnigan zuckte wieder mit der Schulter. »Schreib es dir vielleicht mal auf, aber jeder ist für sich selbst verantwortlich! Kein anderer hat uns gesagt, dass wir mit Drogen dealen sollen. Das haben wir selbst entschieden, und es war falsch. Steh dazu!«

Es war wirklich unglaublich! Genau das war es, was Claire wohl von mir hören wollte.

»Ach, und weil du dazu stehst, bist du jetzt hier, oder was?«, schnaubte er und putzte sich das Blut, das aus seiner Nase floss, mit der Hand ab. »Mach dir nichts vor. Du bist hier, weil du Dampf ablassen willst. Die Eier, Claire alles zu sagen, hattest du nämlich nicht. Sie war ziemlich geschockt, fast schon mit den Nerven am Ende, als ich ihr erklärt habe, was wir beide zusammen abgezogen haben!«

Ich wollte wieder auf ihn los, riss mich aber zusammen. Ich ballte die Fäuste und trat den Tisch mit voller Wucht gegen die nächste Wand.

»Was glaubst du eigentlich, wie das hier gelaufen wäre?«, fragte Finnigan mich und interessierte sich null für seinen Tisch. »Du tauchst nach Jahren hier auf, legst mir ein paar Scheine hin, und willst, dass ich die Fresse deiner Kleinen gegenüber halte? Ich bin kein verdammter Idiot, Parker, und schon gar nicht dein beschissener Sklave!«

Ich holte tief Luft, um Ruhe zu bewahren.

»Ich habe den Scheiß abgezogen, weil ich raus wollte. Du wolltest nur nah genug an deinem Stoff sein«, erklärte ich die Sachlage, und Finnigan biss die Zähne zusammen. Denn ich hatte den Nagel auf den Kopf getroffen. »Du bist neidisch auf mein Leben? Wach auf, Finnigan! Wenn du damals mehr Ziele gehabt hättest, als den schnellsten Weg zu einem weiteren Schuss zu finden, dann wärst du nicht mehr hier!«

So langsam ging mir der Geruch auf den Geist, mich widerte alles an. Also lief ich zur Tür, aber Finnigan musste natürlich noch was sagen.

»Wie man sieht, hast du dein Ziel erreicht, was?« Der Sarkasmus in seiner Stimme war nicht zu überhören.

»Zumindest werde ich nicht hier verrecken«, antwortete ich ihm und verließ die Drecksbude.

Finnigan brüllte noch einige Flüche hinterher, aber ich lief. Ich lief und lief.

Claire

»Claire?«, rief Claudia nach mir.

Ich saß auf dem Bett in meinem Zimmer und schaute fern, als sie hereinkam.

»Oho. Was ist los?«

»Was soll los sein?«

Ich hatte schon vor Stunden aufgehört zu heulen. Und jetzt war ich so wütend, dass mir nur Ablenkung helfen konnte. Gerade lief die Szene, in der Jack Rose das erste Mal gesehen hatte.

»Das letzte Mal, als du den Schnulzenscheiß gesehen hast, war, als die neue Kollektion von deinem Lieblingsdesigner ausverkauft war. Also, was ist es diesmal?«

Ich schnaubte und drückte mir mein Kissen enger an die Brust.

Claudia setzte sich zu mir aufs Bett.

»Oder hat das was damit zu tun, dass du einfach aus dem Diner gerannt bist und mich mit dem Patrioten allein gelassen hast?«

»Tut mir leid, ich hätte mich verabschieden sollen ...«, sprach ich, aber im Grunde hätte ich das nicht gekonnt. Als ich dort stand, um Malcolm entschlossen entgegenzutreten, bekam ich einfach nur Panik.

Sie winkte ab. »Ich bin schon mit ihm fertig geworden. Aber was ist bei euch los gewesen? Malcolm rennt dir hinterher, du sitzt hier allein und schaust Titanic.

Du, ich steh im Bett drauf, aber Liebeskummer wirst du mit Masochismus ...« Sie zeigte auf den Fernseher. »Nicht überstehen. Falls ich jetzt mega spoilern sollte, aber ...« Sie hielt ihre Hand vor ihren Mund, sah sich um und flüsterte dann. »Leo stirbt am Ende.«

Ich kicherte kurz und schüttelte den Kopf. »Wir haben uns gestritten, ich ... ich habe etwas erfahren ...« Nicht mal aussprechen konnte ich es. Zu sehr nahm mich das alles mit. Alles, was Finnigan über Malcolm erzählte, entsprach der Wahrheit. Er hatte gedealt. Und hatte nicht mal den Mumm, mir das zu sagen. Was hatte er überhaupt gesagt? Dass er mich wollte? Grandiose Beichte. Damit kämen wir weiter. Immerhin sagte er diese Dinge immer, wenn wir kurz davor waren, Sex zu haben oder danach ... meine Güte, niemand würde glauben, dass ich 28 Jahre alt war, bei den dummen Gedanken, die ich gerade hatte.

Was hatte ich von ihm erwartet? Dass er, nur weil wir zusammen aufgewachsen waren, mir seine dunkelsten Geheimnisse offenbarte? Malcolm hatte ziemlich schnell und sehr oft klargemacht, dass er über nichts reden wollte, das ihn zu sehr beschäftigen könnte.

Und jetzt erfuhr ich, dass diese Sache niemals herausgekommen wäre, wenn Finnigan nichts erzählt hätte.

»Okay, du hast etwas erfahren?«, wiederholte sie meinen Satz, weil ich völlig in meine Gedanken vertieft war. »Jetzt sag bloß, er ist verheiratet.« Als ich nichts daraufhin erwiderte, schlug sie die Faust in ihre andere Hand hinein. »Ich mach ihn platt.«

»Nein! Nein, er ist nicht verheiratet!« Oder? War ich mir wirklich sicher bei dieser Sache? Konnte ich Malcolm überhaupt noch etwas glauben?

»Ehrlich gesagt, weiß ich gar nicht mehr, was ich ihm glauben soll und was nicht.«

»Faszinierend«, murmelte sie und verschränkte die Arme vor ihrer Brust.

Verwirrt sah ich sie an. »Was denn?«

»Du redest tatsächlich über deine Gefühle und verstehe mich nicht falsch, ich bin ja froh, dass wir keine Netflix-Dates ausmachen, uns gegenseitig die Nägel lackieren und dazu alte Britney Spears-Songs trällern. Wir sind halt Frauen, die ....« Sie seufzte.

»Die nicht viel voneinander wissen«, sprach ich weiter.

»Ich weiß genug, um mich darüber aufzuregen, wenn du deine nassen Handtücher ständig auf dem Badezimmerboden liegen lässt.« Ich wollte gerade erwidern, dass sie Bullshit sprach, aber sie wedelte mit der Hand und brachte mich so zum Schweigen. »Egal, ich rede davon, dass du ziemlich ... verschlossen bist.«

Nachdenklich betrachtete ich Claudia.

»Pass auf, ich meine«, begann sie zu erklären. »Wir leben über zwei Jahre hier zusammen und ... wann zum Teufel hast du dir Gedanken, also ernsthafte Gedanken, gemacht, ob du einem Kerl vertrauen kannst? Jedes Mal ist der Typ schon wieder Geschichte, bevor er nur ansatzweise darüber nachdenken konnte, was das mit dir überhaupt ist.«

»Okay, okay, vielleicht war ich etwas kühl.«

Claudia gab ein wirklich komisches Geräusch von sich, das dem eines Schweins ähnelte.

»Okay, vielleicht kühler als normalerweise«, korrigierte ich mich, schämte mich aber nicht deswegen. »Sie waren einfach alle kein Material für immer und ewig. Ist das jetzt verwerflich? Bei dir sieht es doch nicht anders aus. Hat ein Typ nur ansatzweise einen leichten Südstaatenakzent, rennst du bis nach Washington.«

»Wirfst du mir gerade Rassismus vor? Ehrlich, ich versteh euch Amerikaner einfach nicht. Wenn ich etwas gegen Mexikaner hätte oder Schwarze, dann ...« Ich hörte ihr nur mit einem Ohr zu, weil sie wieder völlig abdriftete. Da schaute ich lieber zum Fernseher. Leo war gerade dabei, Kate kennenzulernen. Na ja, eher wollte er ihr den Arsch retten. Sie war gerade dabei zu springen.

»Ich mach dir mal einen Tee, könnte auch einen gebrauchen, so winterlich wie es momentan draußen ist«, redete Claudia weiter und stand vom Bett auf.

»Ach, übrigens, Jack hier ...« Sie zeigte auf den Fernseher. Gerade hatte er Kate vor dem sicheren Tod gerettet. »Hat seiner Rose das Leben gerettet. In vielen Dingen.« Ihr Blick schoss zu mir rüber. »Ich weiß nicht, was Malcolm getan oder gemacht hat. Wenn er tatsächlich verheiratet und 1,25 Kinder haben sollte, vergiss das alles, was ich jetzt sage lieber, aber wenn nicht ...« Claudia lächelte mich liebevoll an. »Ich habe dich noch nie so glücklich gesehen. Zufrieden warst du immer, bei deinen Beinen wäre ich das jedenfalls ...« Instinktiv sah ich auf meine Beine, die in einer alten Jogginghose steckten. »Er ist dein Jack, Claire.«

Ich musste schlucken und die Tränen wegblinzeln, die sich in meinen Augen bildeten. Am liebsten hätte ich sie aus Dankbarkeit für ihre Worte umarmt oder so was. Aber ... ich war mir bei Malcolm überhaupt nicht mehr sicher.

Ja, Malcolm war schon immer schwierig gewesen. Nur dachte ich, dass er mir gegenüber immer aufrichtig war. Was, wenn das genau mein Fehler war? Dass ich etwas in Malcolm sah, das nie da gewesen war?

Claudia ließ mich allein und ich sah wieder zum Film. Instinktiv musste ich lächeln, als ich mich daran erinnerte, wie es damals war ...

2002
New York

Claire

Mein Herz sprang mir fast aus der Brust, als Leo und Kate vorne am Bug standen und sich anschauten.

»Küss sie. Na los«, rief ich aus und freute mich so sehr, dass wir Mädchen uns heute einen Film aussuchen durften. Einstimmig wählten wir Titanic aus. Die Kleinsten waren bereits im Bett, aber die Ältesten, dazu zählte ich jetzt auch mit meinen 12 Jahren, durften länger aufbleiben. Und da Malcolm immer da war, wenn ich ihn brauchte, saß er hier und spielte mit seinem Schlüssel herum. Er stöhnte, seufzte oder schnaubte immer wieder, während wir Mädels vor Freude am liebsten in den Fernseher gekrochen wären. Leo war ja sooo süß!

»Der Typ sieht aus wie Nick Carter mit seiner Mädchenfrisur. Wie kann man so was süß finden?«, kommentierte Malcolm genervt meinen Gedanken, den ich offenbar doch laut gesagt hatte.

»Er ist mutig, witzig und sieht gut aus. Die perfekte Mischung Mann«, erklärte Sissy ihm und ich gab ihr natürlich mit einem raschen Kopfnicken recht. Die vier anderen Mädels übrigens auch.

»Du bist 15, Sissy. Du solltest dich um deine Barbiepuppen kümmern«, schnaubte er und verschränkte die

Arme vor seiner breiten Brust. Mir war aufgefallen, dass er immer muskulöser wurde. Ich vermutete, er trainierte irgendwo.

»Du kannst mich mal, Parker«, fauchte sie und stand vom Sessel auf.

Malcolms amüsiertes Glitzern in den Augen kannte ich schon. Ich verdrehte die Augen, als mir klar wurde, was sich gerade hier abspielte. Sissy reagierte in letzter Zeit immer gereizter, wenn Malcolm sie neckte. Früher war ihr das total egal gewesen, mittlerweile nicht mehr. Die Sache lag auf der Hand. Ich mochte erst auf der Junior High School sein, erkannte aber sofort die rosaroten Herzchen, die um ihre Birne flogen, wenn es um Malcolm ging.

Wieder musterte ich Malcolm, der immer wieder Sissy angrinste und irgendwas Bescheuertes von sich gab, dass sie in Rage versetzte. Warum waren sie alle verrückt nach ihm, wenn bekannt war, dass er nie etwas Ernstes wollte?

Die Heulerei war danach groß, aber Malcolm war immer ehrlich. Er legte die Karten auf den Tisch, so wie sie waren. Er war ehrlich, eine seiner Eigenschaften, die ich so an ihm mochte.

Malcolm verschönerte nichts, sprach immer offen und ehrlich. Er konnte witzig sein, aber mit mir auch einen ernsten Ton anschlagen. Malcolm war einfach ... mein bester Freund. Den Besten, den man haben konnte. Und hatte ich schon erwähnt, dass er super aussah? Sein Haar trug er jetzt etwas verwegener, als würde er es nicht kämmen. Dazu war er groß, so groß, dass ich mir immer Nackenschmerzen holte, wenn ich ihn länger ansah, was in letzter Zeit oft passierte ... mmh ...

»Was?«, fragte er, als er bemerkte, dass ich ihn anstarrte. Ich zuckte zusammen.

»Nichts«, antwortete ich so beiläufig wie möglich und schaute wieder zum Film.

Vor Schreck öffnete ich den Mund, als wir alle dabei zusahen, wie Leo und Kate miteinander schliefen.

Malcolm räusperte sich mehrmals, stand dann auf und zwinkerte mir dann zu.

Verwirrt sah ich ihm nach.

»Oh Man, wehe Sissy heult nachher herum«, sprach Melinda neben mir. Ich sah zum Sessel rüber, aber Sissy war nicht mehr hier.

Ich seufzte, als mir klar wurde, was das bedeutete. Malcolm war ihr wohin auch immer gefolgt. Und es machte mir etwas aus, das verwirrte mich noch mehr.

Malcom

Ich saß in völliger Dunkelheit in meinem Sessel und starrte hinaus auf die Stadt. Die Flasche Scotch war fast leer, dennoch fühlte ich mich nicht besser. Selbst wenn ich zu den alten Gewohnheiten übergehen würde, würde mir das nicht helfen. Was würde eine fremde, nackte Frau ändern, wenn es nicht Claire war?

Ich fuhr mir durch mein müdes Gesicht. Mein Handy lag direkt neben mir, aber außer John oder meinen Arbeitskollegen meldete sich keine wichtige Person ... meine Nachrichten wurden weder beantwortet noch gelesen. Ich hatte es vermasselt.

»Ach, du lebst ja. Super, kann ich mir die Vermisstenanzeige sparen«, sprach John und kam in mein Schlafzimmer gerannt.

»Du hast dich überzeugt. Ich lebe«, murmelte ich und trank mein Glas leer.

»Ja, aber das hier sieht mir nicht besser aus. Du sitzt also im Dunkeln und besäufst dich.«

Er hatte sich auf mein Bett gesetzt, ich konnte hören, wie die Matratze nachgab.

»Du hast dich weiter beurlauben lassen, Parker. Hat das was mit neulich Abend zu tun? Claire ist einfach abgehauen und du bist ihr hinterher ...«

Natürlich fragte er sich, was da gelaufen war. Anfangs konnte ich mir das ja auch nicht erklären.

Ich kippte mir den letzten Rest aus der Flasche in mein Glas ein. Dann drehte ich die braune Flüssigkeit immer wieder.

»Du weißt, dass ich Waise bin? Dass ich Claire von dort kenne«, fragte ich ihn und starrte mein Glas an.

»Ja, du hattest es mal erwähnt ...«

Ich nickte. »Ich habe immer nur so viel erzählt, wie nötig war. Immer. Nur Claire kannte alles. Zumindest fast alles ...«

2005
New York

Malcom

Es war eine milde Nacht, als ich damals bei Finnigan auftauchte. Eigentlich hätte ich schon vor einer halben Stunde hier sein sollen, aber Claire musste unbedingt wieder mit ihren Fragen anfangen. Das frustrierte mich, weil ich es nicht mochte, sie anlügen zu müssen.

Aber als ich den versifften Flur und die noch dreckigere Tür öffnete, war mir wieder klar, warum sie davon nie etwas erfahren durfte.

»Wo warst du, verdammt noch mal?«, brüllte Finnigan mich sofort an. Er war gerade dabei, das Wenige, was er Besitz nennen konnte, in eine Tasche zu packen. Irgendein nacktes Mädchen lag schlafend in seinem Bett oder sie war bewusstlos. Den Unterschied versuchte ich nicht mehr zu machen. Wenn sie schon so dumm war, sich in Finnigans Bett zu legen, wusste sie genau, was sie erwartete. Meistens waren diese Geschöpfe nur auf Drogen aus. Und Finnigan war einer der Größten hier im Viertel.

»Beruhige dich, ich war bei Claire ...«

Finnigan schnaubte und schloss seine Tasche, dann sah er endlich auf.

»Wir müssen verschwinden, abtauchen.«

»Was ist passiert?« Ich ahnte das Schlimmste.

»Einer von den Jungs wurde erwischt. Wir sollten untertauchen.«

Fuck! Ich fuhr mir durch mein Haar.

»Und jetzt?«, fragte ich, weil ich nur daran dachte, wie schnell die Cops uns erwischen würden.

»Erst mal untertauchen. Keiner von den Jungs kennt unsere wirklichen Namen, Parker. Das war der Deal.«

Ramon vertickte Drogen an der Brooklyn Bridge. Ihn hatte ich vielleicht ein-, zweimal zu Gesicht bekommen. Aber um auf Nummer sicher zu gehen, redeten wir uns nie mit echten Namen an. Wir nannten Pseudonyme, damit es nicht zu Massenverhaftungen kam. Aber Finnigans Bude kannte jeder hier, und deswegen war er auch so erpicht darauf, zu verduften.

Er sah sich in seiner Wohnung um, griff dann nach seiner Tasche und lief mit mir zur Tür.

»Pass auf, du bist der Einzige, den ich aus meinem früheren Leben in diese Scheiße mit reingezogen habe«, begann er. Ich würde ihm aber gerne widersprechen, denn ich war genauso froh drüber, schnelles Geld machen zu können. Er klopfte mir auf die Schulter. »Als du vor Monaten auf mich zugekommen bist und sagtest, du brauchst schnell Kohle, war ich echt dankbar für deine Hilfe. Ich brauchte einen loyalen Freund.«

Ich nickte, weil das der Wahrheit entsprach, aber von Woche zu Woche wurde mir einfach nur mulmiger. Nicht, weil ich Schiss hatte entdeckt zu werden, sondern weil ich etwas tat, was mich wohl immer verfolgen würde.

»Es wird jetzt Zeit, unser Arbeitsverhältnis zu beenden, Parker. Du musst abtauchen. Wenn dich hier jemand erkennt, dann war's das, verstehst du?« Er sah mich ernst an.

Finnigan sah mich eindringlich an, so als wüsste er ganz genau, wie schwierig das für mich war. Mein Traum war immer schon, dieser Stadt den Rücken zu kehren, aber mit meiner Kleinen zusammen. Nicht ohne sie verdammt noch mal.

»Mensch Parker, ey. Schau nicht so angepisst. Wir verticken illegale Substanzen, dass wir überhaupt so lang davongekommen sind, grenzt an ein Wunder. Ich hau ab, und du solltest das auch tun. Genug gespart hast du!«

Er drängte mich aus seiner Bude und schloss die Tür.

»Sieh es als Chance, Mann! Ich wäre wohl auch nie weggegangen, jetzt muss es sein. Ich bau mir irgendwas in der Karibik auf, keine Ahnung. Wie viel hast du gespart? Davon kannst du genauso gut nach Lust und Laune leben.«

Es war mehr als genug, aber das war nicht der Plan gewesen.

Wir beide liefen hinaus, die Luft roch hier schon viel sauberer. Wir sahen uns um. Nichts Auffälliges war zu sehen.

»Ich kann sie nicht allein lassen«, sprach ich, und meine Brust schmerzte allein bei dem Gedanken, Claire nicht mehr jeden Tag zu hören oder zu sehen. Sie war der Grund, warum ich angefangen hatte Drogen zu verkaufen. Ich wollte mit ihr aufs College, sobald sie in zwei Jahren den Abschluss gemacht hatte.

»Verdammte Kacke, Parker«, seufzte Finnigan und drehte sich ungeduldig zu mir um. »Am Anfang war das ja noch ganz ehrenvoll von dir, mit der Kleinen da raus zu wollen, mit ihr auf die ach so gute Uni gehen und so, aber wach endlich auf!« Die letzten Worte sprach er lauter, sodass er sich sofort umschaute, aber niemand reagierte hier. Der Teil der Stadt war auch sicherlich nicht dafür bekannt, dass Nachbarn wissen wollten, was die anderen machten.

»Sie ist ein anderes Kaliber, mein Freund. Lass sie ihren Weg gehen und geh deinen, denn wenn du es nicht tust, wird die Kleine dich einmal in der Woche im Bundesgefängnis besuchen. Willst du das etwa?«

Ich schluckte. Claire würde mich niemals im Stich lassen. Selbst im Gefängnis würde sie mich besuchen oder aber ... sie würde mich verfluchen, wenn sie erfuhr, dass ich mit Drogen dealte. Drogen, die dafür verantwortlich waren, dass ihre Eltern gestorben waren.

Fuck ...

Malcom

Nachdem ich John die Geschichte erzählt hatte, wie es damals dazu kam, dass ich New York verlassen hatte, schwieg er eine Weile.

»Wow. Ich hätte nie gedacht, dass du mal so drauf gewesen bist.« Er schwieg. Dann seufzte er. »Aber ... irgendwie kann ich dich trotzdem verstehen. Ich nehme an, das Geld, das du damit verdient hast, hat dir die Ausbildung zum Piloten finanziert?«

Ich drückte auf meine Augenlider, weil ich mich verdammt müde fühlte.

»Flugstunden, Seminare, Abendschule. Ich jobbte zwar noch nebenbei, aber es stimmt, das Geld vom Verkauf half mir, meine Ausbildung zu finanzieren.«

Es war immer noch dunkel hier, aber das Licht der Autos unten auf den Straßen, die Laternen ... sie spendeten irgendwie einen kleinen Teil Licht. So wie Claire ... auch sie spendet immer Licht, das hat sie immer getan.

»Und jetzt weiß Claire Bescheid?« Es sollte wie eine Frage klingen, aber John kannte ja auch bereits die Antwort.

»Sie weiß es und hasst mich dafür. Warum auch nicht? Ihre Eltern sind wegen so was draufgegangen.

Deswegen kam sie ins Waisenhaus. Nachdem ihre Gran starb, gab es keinen mehr, der sich um sie kümmern konnte.«

»Du warst für sie da, Parker.«

Ich wollte nicht mehr sitzen, weil das Adrenalin sofort wieder seinen Weg durch meinen Körper fand.

»Ich bin abgehauen, John. Habe sie allein gelassen, und nicht mal heute konnte ich dazu stehen, warum ich das gemacht habe. Sie hasst mich.«

Den letzten Satz krächzte ich nur noch, weil ich es nie so weit kommen lassen wollte. Auch wenn ich die letzten Jahre verdrängte, mir einredete, dass es ihr schon gut gehen würde, war ich froh, dass sie mir eine Chance gegeben hatte. Aber das jetzt? Wie sollte sie mir jemals wieder in die Augen schauen können, ohne mich dafür zu hassen, was ich getan hatte? Und wie sollte ich mit dieser Scheiße leben können?

Claire hatte die ganze Zeit recht gehabt. Ich hatte mich nicht verändert. Wie oft wollte sie mit mir reden. Wie oft hatte ich ihr wirsch gesagt, dass es nichts zu reden gibt.

»Ich muss etwas erledigen«, sprach ich und suchte meinen Haustürschlüssel.

»Okay«, erwiderte John und wirkte ziemlich verwirrt.

Als ich die Schlüssel gefunden hatte, fiel mir noch etwas ein.

»Kein Wort, zu niemandem«, sprach ich und fixierte ihn mit meinem Blick. Ich würde meinen Job verlieren, wenn das mit den Drogen herauskommen würde.

John hob beschwichtigend die Hände hoch.

»Ich weiß von nichts.«

»Gut, denn sonst könnte die Airline auch erfahren, dass du immer mal wieder ein paar nächtliche Partys in stillgelegten Flugzeugen feierst.«

John stöhnte laut auf und ich grinste. Schon war er am Haken!

»Komm, das war nur zwei - oder dreimal gewesen, und wir haben danach immer sauber gemacht.«

Claire

Der Schnee fiel und fiel, aber das war mir egal. Meine Ohren schmerzten, meine Wangen fühlten sich bereits kühl an, und der Wintermantel half auch nicht groß, mich vor dem Zittern zu schützen. Aber ich wollte hier stehen. Ich wollte vor dem Haus stehen, das mich so viele Jahre begleitet hatte.

Ein paar Kinder rannten aus dem Haus und begannen im Vorgarten zu spielen. Zwei begannen einen Schneemann zu bauen, andere wiederum bewarfen sich einfach mit Schnee.

»Ach, du heilige ...« Auf der Treppe stand eine ziemlich ergraute Mrs. Waters. Sie starrte mich an, als würde sie einen Geist sehen. Wenn ich noch länger hier stehen würde, wäre ich das bald auch. »Claire ... Claire Watefield.«

Mich wunderte es nicht, dass sie sich noch erinnerte. Mrs. Waters war schon immer taff gewesen, erinnerte sich damals schon ständig an jede Missetat, die wir Kids begangen hatten. Sie kam mit langsamen Schritten die Stufen herunter. Wie alt war sie jetzt? Anfang 70? Ihr Gesicht war voller dicker Falten, ihre Augen wirkten müde und trüb. Mrs. Waters war längst zu gebrechlich für diesen Job, aber das hielt sie natürlich nicht auf. Diese Frau lebte für ihren Beruf. Ob man es nun mochte oder nicht.

»Das ist sehr lange her, mein Kind. Was zum Teufel machst du hier?«

Ich lächelte. Mrs. Waters konnte liebevoll sein, dann aber wirkte sie so streng wie beim Militär.

»Ich wollte sehen, ob ...« Ja, was wollte ich sehen? Mrs. Waters bemerkte mein Zögern. Dann seufzte sie. »So nett ich das finde, dich wiederzusehen, immerhin bist du eine hübsche, junge Frau geworden ... aber, du hast hier nie hingehört.«

Ihre Worte verblüfften mich nicht wirklich, sie trösteten mich aber. Malcolm hatte das auch immer zu mir gesagt, und hätte ich daran selbst nicht geglaubt, wäre ich womöglich immer noch hier in der Stadt. Vielleicht wäre auch hier etwas aus mir geworden, aber ich hatte Angst davor, dass mich Erinnerungen heimsuchten, die nicht mehr zu meinem Leben gehörten.

»Du zitterst, möchtest du kurz reinkommen und ...«

Ich schüttelte den Kopf. »Danke, aber ... ich wollte einfach nur schauen, was sich verändert hat.«

»Die Heizung spielt immer noch verrückt, Geld fehlt an jeder Ecke. Nur der Zaun ist mal ab und an gestrichen worden, wie du sicher schon letztes Mal bemerkt hast«, sprach die alte Frau und verwunderte mich schon wieder. Sie hatte uns also schon bei unserem ersten Besuch gesehen.

»Ich freue mich, dass aus Malcolm so ein stattlicher Mann geworden ist.« Sie wirkte etwas betrübt. »Malcolm war immer schon ein netter Junge gewesen, nur mit zu viel Wut im Bauch. Und dann kamst du.« Sie lächelte mich an, ehrlich und offen, als wäre unser Verhältnis schon immer so gewesen.

Ich seufzte und mein Atem flog durch die Luft, so kalt war es geworden.

»Zwischen euch war immer eine besondere Verbindung. Ich war mir nie sicher, was er in dir sah. Egal, was es war, es hat ihm gut getan.«

»Vermutlich«, murmelte ich und verlor meine Stimme. War es wirklich eine so gute Idee, an den Ort zurückzukehren, an dem ich auch an Malcolm erinnert wurde?

»Ich freue mich jedenfalls, dass ihr zwei immer noch Kontakt habt.«

Sie wandte sich um und schimpfte mit einem der Jungen, der gerade dabei war ein Mädchen zu ärgern. Als sie damit fertig war, murmelte sie etwas, das ich falsch verstanden haben musste.

»Wie war das?«, hakte ich nach.

»Na, dass Malcolm die Chance hatte, dem allen hier zu entfliehen ...«

»Wie meinen Sie das?« Ich war vollends verwirrt und bekam ein schlechtes Gefühl bei der Sache.

»Ach, er hatte zweimal Anfragen. Lang ist's her.« Mrs. Waters zog ihren Mantel enger an den Körper.

»Jemand wollte ihn adoptieren?«, fragte ich noch mal nach, nur um auf Nummer sicher zu gehen. Mein Puls schoss in die Höhe. Davon hatte er mir nie etwas erzählt.

»Selbstverständlich. Aber er hatte wohl Gründe zu bleiben und du weißt es am besten. Je älter ihr wurdet, desto weniger Leute zeigten Interesse, euch zu adoptieren«, antwortete sie mir und schaute mich weiterhin stumm an. Ich nickte. Die Statistiken kannte jeder. Nur 20 % der Kids über 3 Jahre fanden ein Zuhause. Wir waren einfach nicht mehr niedlich genug für potenzielle Eltern.

»So, ich muss dann auch wieder rein. Frier mir hier noch den Hintern ab«, verabschiedete sie sich und schlenderte seufzend die Treppe hoch.

Fassungslos und geschockt ließ sie mich in der Kälte stehen und ich brauchte das gerade ... denn nur so bekam ich überhaupt noch mit, dass ich lebte.

Malcolm hatte die Chance auf eine Adoption gehabt ...

Die nächsten Tage waren schrecklich. Immerzu hoffte ich auf Malcolm. Dass er mich anrief, mir schrieb oder vielleicht sogar bei mir auftauchen würde. Aber nichts davon geschah.

Und da ich selbst nicht klarkam mit allem, tat ich auch nichts davon.

Ich saß an meinem Schreibtisch und starrte schon eine Weile auf den Bildschirm meines Laptops.

Was wollte ich noch gleich machen?

Ach ja. Die Post ...

Neben einigen Briefumschlägen befand sich unter der Post auch ein kleines Päckchen. Ich öffnete überrascht den Mund, weil Malcolms Adresse auf dem Absender stand.

So schnell wie jetzt hatte ich noch nie ein Päckchen geöffnet und erstarrte vor Schock, als ich Hasi in den Händen hielt.

»Das kann doch nicht sein", murmelte ich fassungslos. Auf den ersten Blick sah er wie mein altes Stofftier aus, das beim Waschen kaputtgegangen war. Auf den zweiten Blick erkannte man, dass er neu war.

Neben Hasi lag noch eine kleine Karte in dem Päckchen. Ich las die kurze Nachricht.

Hasi hat dir früher schon durch
schlimme Zeiten geholfen.
Es tut mir leid.

Malcolm

»Du siehst müde aus«, begrüßte Simon mich, als er sich mir gegenüber in den Sessel setzte. Wie immer sah er taufrisch aus mit seinem Anzug und dem rasierten Gesicht. Ich zuckte regelrecht vor Schreck zusammen, weil ich ihn nicht hatte kommen hören.

»Tu ich das?«, fragte ich und tat so, als würde ich gerade wirklich an meinem Laptop arbeiten. Seinem Gesicht sah man kaum noch an, dass er von Malcolm geschlagen worden war. Er bemerkte natürlich Hasi, der neben mir lag.

»Die Rechtsabteilung, deine Assistentin ... so einige denken das. Und sie haben recht. Du wirkst ziemlich erschöpft.«

Ich seufzte. Warum lief nie einer von meinen Arbeitskollegen zum Boss, wenn ich gute Arbeit verrichtete? Immer kam so etwas dabei raus. Ich lehnte mich in meinem Stuhl zurück.

»Und du willst mir jetzt ein Rezept über Schlaftabletten verschreiben?«, fragte ich genervt nach. »Mir gehts gut.«

Simon lächelte leicht. »Es hätte mich auch gewundert, wenn du dazu nicht fähig wärst. Immerhin bist du hier bekannt dafür, eine der Hartnäckigsten zu sein.«

Ich lächelte zurück.

»Aber es ist auch noch niemand in den letzten zwei Jahren reingestürmt, hat mich niedergeschlagen und zu dir gesagt, du sollst reinen Tisch machen«, sprach er weiter und stand wieder vom Stuhl auf.

»Simon, das mit Malcolm ...«

Er winkte ab. »Nein, nein. Es war erfrischend und vor allem sehr aufschlussreich.« Simon fixierte mich, wirkte dabei aber sehr nachdenklich. »Seitdem erscheinst du hier, machst deine Arbeit und gehst. Wo ist deine Leidenschaft hin, Claire?«

Von seiner Frage war ich mehr als überrascht.

»Auch dieser Malcolm hat mir die Augen geöffnet, weißt du«, sprach er und sah hinaus aus dem Panoramafenster. Er wirkte immer nachdenklicher.

Was meinte er damit? Aber er sprach nicht weiter, sah nur lang hinaus. Irgendwann seufzte er und lächelte mich kurz an.

»Bis nachher.«

Er ließ mich mit vielen Gedanken im Kopf zurück.

Simon war erfolgreich, gutaussehend und sicherlich loyal, wenn es um die Beziehung zu einer Frau ging. Er wäre perfekt. Aber nicht perfekt für mich, weil es immer etwas gab, was er mir nicht geben konnte. Simon war nicht Malcolm. Alle Männer vor ihm und nach ihm würden es nicht sein.

»Aber es ist auch noch niemand in den letzten zwei Jahren reingestürmt, hat mich niedergeschlagen und zu dir gesagt, du sollst reinen Tisch machen.«

Simons Worte hallten wie ein Mantra durch meinen Kopf.

Ich sah auf die Stapel Arbeit auf meinem Schreibtisch. Ich erinnerte mich an Malcolms Worte auf der Wohltätigkeitsveranstaltung:

»Und du sitzt in einem Job fest, den du liebst, aber nicht erträgst.« Er hatte genau die richtigen Worte für meine Situation gefunden. Ich liebte das, was ich machte, aber nicht mehr hier in diesem Betrieb.

Malcolm wusste immer schon, was mir gut tat und eben nicht. Er war da für mich, als ich ein Kind war und als ich zur Frau wurde. Ich starrte Hasi an, der mich mit seinen kugelrunden Augen zu verspotten schien. Wie oft hatte ich mich in den Schlaf geweint, weil Hasi nicht bei mir war? Es war das letzte Geschenk von Gran gewesen. Und Malcolm hatte mir einen kleinen Teil von dieser schönen Erinnerung wieder gegeben.

Mir war bewusst, dass ich als Frau immer um meine Stellung kämpfen musste. Aber nicht, dass ich ständig angegrapscht werden würde oder ich irgendwann mit meinem Chef schlafen würde, um herauszufinden, dass es immer schon Malcolm war, den ich wollte.

Seufzend schüttelte ich den Kopf über mich und meine wirklich dummen Entscheidungen.

Was wollte ich wirklich? Ich wollte …

Hastig stand ich auf, weil die Entscheidung plötzlich so einfach erschien.

»Simon! Warte!«

Es war wieder so weit. Der Flug nach New York stand an, der letzte Termin, damit das Projekt übergeben werden konnte.

Schon beim Eintreten war klar, dass keiner der Piloten Malcolm war. Aber ich redete mir im Stillen ein, dass das okay war.

Er hatte sich zehn Tage nicht gemeldet. Ich zählte jetzt auch nicht wirklich die Tage. Das fiel mir jetzt nur so auf, als ich spontan in den Kalender gesehen hatte.

Wenn mich jemand hören könnte ... ich wäre schneller in irgendeiner Klinik, als mir lieb wäre.

Je mehr Zeit verging, umso stärker wurde mir bewusst, dass meine Wut über den Drogenverkauf langsam verrauchte. Ich war enttäuschter über seine Lügen als über die Lüge selbst.

Seufzend verstaute ich meine Tasche und setzte mich in meinen Sitz. Das Flugzeug füllte sich langsam, aber ich bekam davon kaum etwas mit.

New York ... wieder mal. Vielleicht würde ich diesmal bei Mrs. Waters wirklich zum Kaffee bleiben?

»Ich verspreche Ihnen, der Flug wird sich nicht verspäten, aber ich muss da noch etwas erledigen«, ertönte Malcolms Stimme durch den Lautsprecher.

Moment ... Malcolm?

Ich sah auf und blickte in sein Gesicht. Er stand direkt am Eingang, drei Meter von mir entfernt. Er hielt den Hörer vor sein Gesicht, sein Blick aber ruhte die ganze Zeit über auf mir.

Er sah anders aus. Malcolm hatte sich die ganze Zeit über nicht rasiert, sein Haar schien auch ungekämmt. Er trug noch seinen Mantel, wirkte aber ziemlich nervös.

Ich öffnete den Mund, wusste aber nicht, was ich sagen sollte. Dass er überhaupt hier war, nahm mir die Sprache. Und so wie es schien, auch Malcolm, weil er eine Weile gar nichts sagte.

»Ich habe sie gefunden ...«, sagte er und verlor seine Stimme. Er blinzelte mehrmals, seine Augen wirkten ziemlich feucht und dann wurde mir bewusst, wen er mit »sie« meinte. Seine Mutter.

»Ich weiß, ich hätte dir vieles sagen müssen«, redete er weiter in den Hörer und fuhr sich durch sein müdes Gesicht. »Erst redete ich mir ein, du wärst zu jung. Dann, dass du nicht in Dinge hineingezogen werden sollst, die dir Probleme bereiten könnten.«

Malcolm räusperte sich. Er meinte das Drogengeschäft.

»Irgendwann habe ich dich einfach bewusst belogen. Kein Mensch, vor allem ich nicht, hätte ahnen können, dass wir uns jemals wieder begegnen würden.«

Da gab ich ihm recht. Niemals in meinem Leben hätte ich das erwartet.

»Ich lebte nicht, ich überlebte; und als du aufgetaucht bist, war das zu Ende. Du hast alles infrage gestellt, was ich mir aufgebaut habe. Und das auch zurecht. Ich hätte dir sagen müssen, was damals lief. Warum ich ging. Aber ich wusste auch, dass du mir das nicht verzeihen würdest.«

Es war mucksmäuschenstill im Flugzeug, dennoch spürte ich jedes paar Augen auf mir und Malcolm ruhen.

»Aber darum geht es ja. Sich nicht verstecken, auch nicht vor Dingen, die unangenehm werden könnten. Weißt du, was mir unangenehm ist? Zuzugeben, dass ich alles habe, aber nicht glücklich bin. Du hattest die ganze Zeit recht. Was nutzen mir Flüge in die Karibik, wenn ich dabei nichts empfinde? Mein Leben ist keines, weil ich 12 Jahre lang auf etwas hingearbeitet habe, das mich am Ende nicht glücklich macht. Nicht, wenn du darin keine Rolle mehr spielst.«

Ich nickte, weil ich ihm wieder recht gab.

Aber er sah immer noch so ernst aus, hielt sich den Hörer weiterhin vors Gesicht und schien auf etwas zu warten. Aber was?

»Du hast gesagt, ich würde dich nicht kennen. Vielleicht habe ich zwölf Jahre verpasst, du bist gereift, hast deine Erfahrungen gemacht, aber ... du bist immer noch meine Claire. Du lachst, wenn ich versuche witzig zu sein, und wenn wir uns ansehen, dann zählt nichts mehr. Es gibt keinen Finnigan, keine Fragen. Es gibt nur uns.« Malcolm holte tief Luft. »Ich liebe dich, Claire. Das habe ich immer schon, nur ... brauchte ich den Arschtritt, um dir das sagen zu können.«

Plötzlich kicherten einige Passagiere hier. Ich sah mich um. Einige grinsten, andere wiederum schmachteten Malcolm offensichtlich an. Und der sah nur zu mir, weiterhin angestrengt, als wäre ihm jedes einzelne Wort wichtig. Und wie wichtig sie mir waren!

Und dann geschah alles ganz schnell. Es traten auf einmal Cops ein, griffen sich Malcolm und legten ihm Handschellen an. Die Passagiere fluchten, beschwerten sich und ich stand geschockt vom Sitz auf.

Malcolm wehrte sich nicht, als er an die Wand gedrückt wurde. Er sah zu mir.

»Ich fürchte, es kommt doch zu einer Verspätung«, sprach er und wurde zum Eingang geführt.

»Und ich habe gekündigt«, rief ich ihm schnell zu, und die Worte erreichten ihn noch, denn er grinste über beide Ohren, bevor er aus dem Flugzeug geführt wurde.

Währenddessen redeten die Flugbegleiterinnen auf einen der Piloten ein. Anscheinend war somit geklärt, wer die Cops gerufen hatten.

»Na, gehen Sie schon«, sprach mich eine ältere Passagierin an. Neben ihr nickte ihr Sitznachbar eifrig. Eigentlich baten mich alle hier drin, ihm zu folgen. Ich grinste und folgte den Männern, die meinen Mann in Handschellen wegführten.

Malcom

Es gibt Momente im Leben eines Mannes, die dir auf-
zeigen, was für eine Art

Mann du bist.

Und es gibt diese bestimmten Momente, die in einer
Arrestzelle enden. Shit.

Und dennoch grinste ich über beide Ohren, als ich
angelehnt an der kalten Kachelwand auf einer kleinen
Bank meiner Zelle saß.

»Findest du das witzig?«, sprach mich mein Zellen-
partner an.

Ich sah zu ihm und sah mir sein Outfit an. Er trug
nur eine Decke über die Schultern gelegt. Der Kerl
schien darunter nackt zu sein.

»Ich habe ne Wette verloren, okay«, verteidigte er
sich, weil er meinen Blick bemerkt hatte.

»Auf einem Flughafen, sehr clever«, murmelte ich.

»Und du bist hier, weil du dich auch benommen
hast, was«, schnaubte er und zog seine Decke enger.

Benommen? Wann hatte ich mich je benommen?
Okay, es war keine gute Idee gewesen, ohne Ticket
und ohne Erlaubnis der Crew den Betrieb aufzuhalten.

Außerdem hatte ich Phil, den Piloten, erkannt. Er
war immer noch sauer, dass ich damals seine Verlobte

in meinem Bett gehabt hatte. Alles Dinge, die mich jetzt in diese Zelle gebracht hatten.

Ich dachte an Claires Gesicht, als ich das Flugzeug verlassen hatte. Sie lächelte. Ich schloss die Augen, um diesen Anblick in meinem Kopf genießen zu können. Das war es allemal wert gewesen ...

Wir beide sahen auf, als wir Schritte hörten. Einer von der Security schloss gerade die Zelle auf.

Dahinter stand Claire. Ihr Blick war atemberaubend schön. Sie stand mit verschränkten Armen vor der Zelle und sah weder glücklich noch traurig aus.

»Sie können gehen, Mr. Parker«, sprach der Securitytyp und nickte mir aufmunternd zu. Ich stand auf, ignorierte den Blick des Securitymitarbeiters und stellte mich vor sie. Ich musste einfach bei ihr sein. Ich hatte sie tagelang nicht gesehen. Ihr Blick glitt über mein Gesicht.

»Komm«, sprach sie, wandte sich ab und lief hinaus. Wie ein verdammter Hund folgte ich ihr. Da die Zellen nicht so weit vom Ausgang entfernt waren, fanden wir uns schnell auf dem Parkplatz wieder. Claire stand mit dem Rücken zu mir.

Obwohl ich mir sicher gewesen war, das Richtige im Flugzeug gesagt zu haben, wurde ich unsicher.

»Claire ...«

Ihr Rücken bebte ... nein. Sie lachte. Ihr Lachen wurde lauter, dann drehte sie sich um und grinste über beide Ohren. Das Strahlen steckte sofort an. Gott, wie ich sie liebe.

Sie sprang mich regelrecht an, umarmte mich und drückte mir einen so festen Kuss auf die Lippen, sodass ich erst völlig perplex war. Aber als mir bewusst wurde, dass es Claire, meine Claire war, die gerade dabei war mich zu küssen, reagierte ich.

»Du bist verrückt, weißt du das«, sagte sie, als ihre Lippen sich von meinen lösten. Dennoch hielt sie sich immer noch an mir fest und ich wollte gar nicht erst, dass sich das änderte. »Du könntest deinen Job verlieren.«

»Ich hätte ihn verloren, wenn ich weiterhin bei der Airline arbeiten würde«, sprach ich und wartete auf ihre Reaktion.

Die auch kam. Verwirrung und Überraschung waren in ihrem hübschen Gesicht zu lesen.

»Du hast auch gekündigt?«, mutmaßte sie, und ich nickte grinsend. Claire kicherte.

»Wir sind doch total verrückt«, kommentierte sie unser beider Entscheidungen, die wir wohlgemerkt ohne das Wissen des anderen gefällt hatten.

»Ich bin verrückt nach dir«, gab ich zu und musterte sie konzentriert. Der ausgelassene Ausdruck in ihrem Gesicht war plötzlich verschwunden, und stattdessen traten Tränen in ihren Augen auf.

»Und warum hast du so lange gebraucht?«

Sie meinte sicher nicht nur die letzten zehn Tage, die sich angefühlt hatten wie zehn Tage in der Hölle.

»Weil ich ein Idiot war.«

Sie schluchzte und fiel mir wieder um den Hals. Beruhigend drückte ich sie an mich und genoss ihren so unverwechselbaren Duft. Claire konnte früher schon nicht die Tränen zurückhalten, und es war schön, dass ich wieder da war, um sie zu trocknen.

»Es tut mir alles so leid«, begann ich und ich spürte die Erschütterung ihrer Schluchzer bis tief in meine Brust. »Ich hätte nicht ...«

Claire drückte sich etwas von mir weg, um mich anzusehen. Ihre Mascara verlief etwas. Nie hatte sie schöner für mich ausgesehen, vor allem weil es Freudentränen waren.

»Und ich hätte dich besser verstehen müssen, Malcolm. Ich ... du hast mir Hasi zurückgebracht.«

War das etwa auch eine Art von Entschuldigung? Ich war baff. Wie könnte ich Claire jemals verdienen? Auf die Frage gab es nur eine Antwort. Indem ich es mir verdiente.

»Ich musste ihn neu kaufen, aber ... ich wollte dir wenigstens irgendwas geben, damit du dich auch an mich erinnerst.« Ich räusperte mich verlegen. Fuck, als ich Hasi gekauft hatte, wollte ich einfach nur, dass sie etwas zum Festhalten hatte.

»Ich könnte dich niemals vergessen, Malcolm.« Sie lächelte mich mit so einer Freude an, dass ich sie fast losgelassen hätte.

»Ich will, dass du meine Mutter kennenlernst«, sprach ich diese so wichtige Bitte aus.

Claire öffnete vor Schock den Mund. »Du hast sie wirklich ausfindig gemacht.«

Ich nickte nur. Ich wollte nicht jetzt schon weitere Details preisgeben. Wir hatten uns gerade erst wieder vertragen.

»Wie zum Teufel hast du mich eigentlich so schnell da rausbekommen?«, fragte ich sie, und war wirklich gespannt auf ihre Antwort.

Claire schmunzelte gespielt übertrieben. »Na ja, ich habe ihnen gesagt, dass ich mit meinem Boss geschlafen habe, du es herausgefunden hast und dich mit ihm geprügelt hast. Daraufhin wollte ich die Stadt verlassen, aber du wolltest unbedingt um deine einzige wahre große Liebe kämpfen.«

Als sie ihre wirklich interessante Geschichte beendet hatte, starrte ich sie fasziniert an.

Claire zuckte mit der Schulter. »Am Ende waren sie dann auf deiner Seite. Okay, vielleicht lag es auch daran, dass du nach 24 Stunden eh rausgekommen wärst.«

Das erklärte den Blick von dem Securitymitarbeiter.

»Du bist verrückt, das weißt du schon.«

Claire grinste.

Claire

»Das ist meine Mom ...«

Völlig geschockt stand ich mit Malcolm vor dem Grabstein.

Als wir uns direkt auf den Weg nach New York machten - mit dem Zug selbstverständlich -, hätte ich nie gedacht, jetzt vor einem Grab zu stehen. Er war ziemlich ruhig auf dem Weg hierhin gewesen, und jetzt wusste ich auch warum.

Das Grab war klein, ungepflegt und ich würde behaupten, dass wir vermutlich die einzigen Besucher waren, die hier jemals vorbeigekommen waren.

»Sie starb vor drei Jahren«, murmelte ich, als ich die simple Inschrift las.

Cynthia Parker
geb. 1969
gest. 2014

»Sie war gerade mal 17 Jahre alt, als sie mich bekam. Keine Ausbildung, keine Wohnung. Sie besaß nichts«, sprach er und bückte sich hinunter zum Grab.

»Sie war sicher hilflos, als sie das damals getan hat«, mutmaßte ich.

Was hätte ich getan, wenn ich mit 16 schwanger geworden wäre? Konnte man ihr das wirklich übel nehmen? Immerhin hatte sie Malcolm in Sicherheit gebracht. Es hätte für ihn auch ganz anders ausgehen können.

»Laut der Akte war sie sogar einmal bei mir, um zu sehen, ob es mir gut ging.«

»Wirklich?«, hakte ich überrascht nach.

Malcolm starrte auf das Grab, nickte aber. »Ich war elf. Mrs. Waters hatte dazu eine Notiz vermerkt. Ich war mit einem kleinen Mädchen am Spielen. Sie schrie, plapperte herum und ich ... ich wirkte glücklich.«

»Ein kleines Mädchen?«

Malcolm stand auf und sah mich liebevoll an. »Sie meinte dich. Sie muss dich gesehen haben.«

»Oh.« Das war ...

»Und sie hatte recht. Meine Mutter war nie fähig, sich um mich zu kümmern. Selbst als erwachsene Frau kam sie gerade so über die Runden, zumindest sagt das die Akte über sie.« Er sah mich mit diesen intensiven Augen an. »Sie hat mich abgegeben, und ich traf dich.«

Am liebsten hätte ich ihn jetzt geküsst, hielt mich aber zurück.

»Es tut mir leid, dass du nicht mehr mit ihr reden kannst, Malcolm.«

Er seufzte und sah lange auf das Grab.

»Ich weiß jetzt, wer sie war, Claire. Keine Ahnung, ob es das leichter macht, aber ... ich weiß jetzt Bescheid.«

Ich griff nach seiner Hand. Er war nicht mehr allein. Das sollte er wissen.

»Wir sollten dir eine Dusche besorgen und einen Rasierer«, sagte ich, und er lächelte mich mit seinen müden Augen an.

»Ist das der nette Versuch, mir zu sagen, dass ich fix und fertig aussehe?«

Ich schüttelte gespielt entrüstet den Kopf. Malcolm wirkte müde, erschöpft und ja auch etwas ungepflegt. Aber das nahm ihm nicht die Attraktivität. Und dennoch wollte ich ihm etwas Gutes tun.

Er hatte für mich Adoptionen abgelehnt. Dass ich dieses Geheimnis wusste, würde ich für mich behalten. Aber ich würde dieses Opfer niemals vergessen.

Malcom

»Ihr seid tatsächlich hier!«

Wir beide drehten uns um. Finnigan stand mit einer Flasche in der Hand ein paar Meter vor uns und er taumelte leicht.

Ich drückte Claire instinktiv sofort hinter mich.

»Finnigan!« Ich war auf der Hut. Wer wusste schon, was in seinem Kopf vor sich ging.

Er grinste. »Du hast sie tatsächlich wieder, was? Nicht mal das kann ich richtig machen«, sprach er und hantierte mit den Händen herum.

Finnigan sah fürchterlich aus. Bei unserer ersten Begegnung hatte ich schon Ekel empfunden, aber dieser Anblick jetzt war noch viel schlimmer. Seine Haare wirkten verklebt, auf seiner Jeans befanden sich merkwürdige Flecken, ich vermutete, es war Erbrochenes, wenn man dem Geruch nach ging. Und betrunken schien er auch.

Auf einmal schlug er die Flasche an einem Grabstein kaputt, sodass nur noch die halbe Flasche übrig war. Zorn stand in seinen Augen, als er die Flasche hob und uns entgegen streckte.

»Du kotzt mich an!«, brüllte er.

Ich hob beschwichtigend die Hände. »Tu nichts, was du später bereust!«

Er lachte schallend auf. »Nichts bereuen? Ich bereue alles!«

Claire stellte sich plötzlich vor mich. »Dann ändere etwas!«, erklärte sie, und ich hätte sie am liebsten wieder hinter mich gedrückt.

»Du willst mir Tipps geben? Du hast Parker verziehen, obwohl er dich beschissen hat!«, brüllte er sie an, bewegte sich aber nicht von der Stelle.

Ich sah zu Claire, die aber nicht auf Finnigans Worte einging. Sie wirkte nicht mal getroffen von den Worten.

»Was bringt es, wenn du ständig auf alles und jeden wütend bist, Finnigan?« Ihre ruhige Stimme traf selbst mich bis ins Mark. Sie drehte sich zu mir um und lächelte mich kurz an, bevor sie wieder zu ihm schaute. »Malcolm hat einen Fehler gemacht, aber er hat es eingesehen und sich entschuldigt. Und auch ich habe eingesehen, dass ich nicht auf etwas wütend sein kann, das für mich keine Rolle mehr spielt.«

Ich öffnete überrascht den Mund. Sie hatte mir wirklich verziehen. Das lag nicht nur daran, dass ich mich entschuldigt hatte. Claire war wirklich nicht mehr wütend auf mich.

»Pah, ihr zwei seid wirklich widerlich«, kommentierte Finnigan Claires Sicht der Dinge.

»Und doch stehst du hier und willst deine Wut an uns rauslassen. Du hasst uns nicht, Finnigan. Du willst das nicht tun.«

»Bullshit!«, antwortete Finnigan und kam zwei Schritte auf uns zu. Hastig drückte ich mich an Claire vorbei.

»Fass sie an und du bist tot«, sprach ich und versuchte, meinen Zorn zu unterdrücken. Claire war wieder dabei, nach vorne zu gehen, ich hielt sie aber davon ab, indem ich sagte: »Manches kann man nur mit den Fäusten klären, Claire. Also halt dich da jetzt raus!«

Sie wirkte überrascht, weil ich jetzt lauter und ziemlich wütend klang. Ich kannte diese Situationen, hatte sie etliche Male schon erlebt.

Finnigan wartete nicht ab, sondern kam brüllend auf mich zu gelaufen. Aber da er nicht sah, wohin er lief, stolperte er über einen Stein und verlor das Gleichgewicht. Mit einem lauten Brüllen fiel er auf den Boden. Die Flasche zerbrach in tausend Teile. Ich zögerte nicht, als ich mich zu ihm herunterbeugte und ihm einen Schlag ins Gesicht verpasste, der ihn hoffentlich wieder ins Hier und Jetzt brachte.

Aber Finnigan reagierte kaum. Nicht mal das Blut, das aus seiner Nase tropfte, schien ihn noch zu kümmern.

»Verdammt noch mal! Fühle endlich etwas!«, brüllte ich ihn an und dann reagierte er endlich. Er zappelte wild herum, aber ich drückte ihn mit aller Macht zu Boden.

Er stank bestialisch, und ich versuchte das auszublenden.

»Malcolm!«, rief mir Claire zu, aber ich sah nicht auf.

»Du hältst Abstand!« Ich fixierte Finnigans Gesicht an, meinte damit aber Claire und sie begriff es, danach sagte sie nämlich nichts mehr. Ich ließ Finnigan nicht eine Sekunde aus den Augen.

»LASS MICH LOS!«, brüllte er, verlor dabei eine Menge Spucke. Seine Pupillen waren geweitet, seine Atmung ging viel zu flach. Er hatte wieder was genommen und dazu Alkohol getrunken. Idiot.

»Und was willst du dann machen? Mich mit der Flasche abstechen? Oder Claire etwas tun? Ich kann dir versichern, bevor du nur in ihre Nähe kommst, würde ich dir das Genick brechen!«, versicherte ich ihm.

Finnigan reagierte wie immer, total verrückt. Er lachte, hustete immer wieder und versuchte wieder zu lachen.

»Du würdest dein Leben wegschmeißen, Parker. Und wir wissen beide, dass es viel zu schade wäre.«

»Die Kohle ist mir scheißegal, Finnigan«, brachte ich unter zusammengekniffenem Kiefer raus.

Er schnaubte.

»Ich könnte dir mein ganzes Geld geben, und was glaubst du, was passieren würde? Du hättest nur wenige Tage, dann würde man deine Leiche finden. Überdosis. Du weißt es, und ich weiß es. Wobei ... wer zum Teufel schert sich schon um dich, nicht wahr? Man würde deinen kalten Körper nicht sofort finden.« Er fixierte mich mit seinem Blick.

Ich ließ ihn los, da wollte der Wahnsinnige wieder auf mich los. Ich wehrte seinen Schlag mit meinem Ellbogen ab, dann traf ich ihn wieder im Gesicht. Er fiel um wie ein Sack.

Finnigan brauchte mehrere Anläufe um sich zumindest wieder mit dem Ellbogen abstützen zu können.

»Wenn du deinen Körper nicht ständig mit irgendeinem Scheiß vollpumpen würdest, hättest du nicht einen Schlag kassiert«, klärte ich ihn darüber auf, wie er früher war. Damals war ich immer der Schwächere von uns beiden. Der untrainiertere, der ... der Finnigan irgendwie respektierte.

»Du fühlst dich toll in deiner Haut, oder?«, sprach Finnigan und spuckte das Blut auf den Boden, das sich in seinem Mund gesammelt hatte. »Kannst vor Claire den großen Macker markieren.«

Jetzt war ich es, der schnaubte.

»Ich habe Drogen vertickt. An Leute, die daran krepieren konnten. Vielleicht sind tatsächlich einige daran gestorben. Warum zum Teufel sollte ich mich dabei gut fühlen?« Ich sah zu Claire, die mich mit wehmütigen Blick anschaute. Ich versuchte mich an einem aufmunterndem Lächeln, aber es gelang mir nur bedingt. »Ich habe es für sie und mich getan. Und ich hätte sie fast verloren. Die letzten 12 Jahre waren schon Folter genug.«

Finnigan spuckte mir direkt vor die Füße. »Fick dich!«

Ich beugte mich noch einmal zu ihm runter, weil er mich jetzt wirklich an meine Grenzen trieb.

»Akzeptiere endlich deine Vergangenheit, dann kannst du verdammt noch mal was für deine Zukunft tun. Du bist Vater, Finnigan. Deine Kinder brauchen dich, und zwar nüchtern und clean. Was ich oder Claire haben, sollte dir doch scheißegal sein. Ich bin nicht dafür verantwortlich, dass du damals nicht rausgekommen bist aus dem ganzen Dreck!«

Ich drang zu ihm durch. Finnigan schien nachzudenken, wirkte leicht verwirrt. Waren es vielleicht nur die Drogen, die ihn jetzt runterfuhren?

Finnigan lehnte sich an einen Grabstein und fixierte mich mit seinen trüben Augen.

»Du hast alles und ich nichts«, murmelte er.

Ich kniete vor ihm. »Nichts haben nur die, die es nicht versuchen, Kumpel. Also steh auf und kümmere dich um deinen Scheiß.«

Lange sah er mich an. Dann nickte er mit schmaler Lippe.

Claire

»Oh Gott. So war das nicht geplant«, stöhnte ich, als Malcolm noch einmal meine Scham küsste, nachdem ich gekommen war.

Malcolm sah auf und grinste schelmisch. Er war rasiert, geduscht und war sichtlich besser drauf.

»Und wie war es dann geplant? Du hast ein Hotelzimmer gewollt. Hier sind wir also«, murmelte er und kletterte auf mich drauf. Wir waren bereits nackt und beim Duschen hielten wir uns soweit zurück, dass wir uns gegenseitig nur wuschen und dann schnell zurück ins Bett gingen. Aber dann war da keine Zurückhaltung mehr. Keine Scheu, was wir jetzt machen würden.

Immerhin stand eine Menge zwischen uns, aber seit Malcolms Geständnis war es anders. Es lag nichts mehr zwischen uns, so wie jetzt, als ich meine Beine spreizte und er in mich glitt. Ich war noch feucht von meinem Orgasmus und wir beide seufzten zufrieden auf, als wir uns vereinten.

Langsam, als würde er auf jede Regung in meinem Gesicht ganz genau achten, bewegte er sich. Ich drückte mich wie wahnsinnig gegen ihn, damit ich noch mehr fühlten konnte.

Malcolm küsste mich stürmisch, bewegte sich schneller und der Tanz begann. Er nahm mich, wie mich noch niemand zuvor genommen hatte. Ich gab ihm alles. Meine Leidenschaft, meine ganze Energie.

»Claire ... meine kleine Claire«, murmelte er gegen meine Lippen.

»Ja!«, stöhnte ich und küsste ihn wieder stürmischer.

Wir bewegten uns immer schneller, weil der Druck sich zwischen uns immer intensiver aufbaute.

»Malcolm. Oh Gott, ja!«

Ich kam wieder laut und hemmungslos. Und auch Malcolm fluchte, als er sich in mir ergoss, dann fiel er zur Seite auf den Rücken.

Wir schnappten beide nach Luft, als wir in der Dunkelheit unseres Hotelzimmers auf unserem Bett lagen.

Was für eine Zeit ... seit Malcolm und ich uns wieder getroffen hatten, passierten so viele Dinge. Und jetzt das hier.

Ich drehte mich zu ihm um. Malcolm hatte mich bereits fokussiert.

»Dir ist schon klar, dass wir verrückt sind, oder?«, stellte ich ihm eine Frage.

»Mein Hirn funktioniert nur noch bedingt, Claire. Also bitte sprich weiter.«

Ich grinste, weil er wirklich ziemlich fertig aussah. Es gefiel mir, wenn es an mir lag.

»Du warst Pilot, hochangesehen, hast gutes Geld verdient. Und auch ich war beruflich gut gestellt. Und jetzt sieh uns an. Wir sind beide arbeitslos.«

Als Simon die Tage auf mich zukam und mir sagte, dass er überrascht von Malcolms Reaktion war, da ... machte es einfach klick. Eigentlich hätte ich noch den New-York-Auftrag zu Ende bringen müssen, aber Simon würde es bestimmt verstehen.

Malcolm hatte es schon mal angedeutet, ich hatte es dann begriffen. So gut bezahlt meine Arbeit war, es machte mich nicht mehr glücklich.

Er zog mich dicht an sich und roch an meinem Haar. Ein zustimmender Laut kam über seine Lippen. Ich umarmte ihn und seufzte zufrieden auf.

»Erfolg allein ist nicht alles im Leben, Claire. Ich hatte all das, und dennoch fehlte mir etwas«, erklärte er mir und sah mich an. Ich wusste ganz genau, was er meinte. Mir ging es genauso.

»Du hast das super mit Finnigan gemacht, Malcolm«, sprach ich jetzt von einem ganz anderen Thema.

Er zuckte mit der Schulter. »Ihn zur Drogenberatung zu fahren, war jetzt nichts Besonderes.«

»Du hättest ihn dort liegen lassen oder die Cops rufen können. Ich finde schon, dass du etwas getan hast.«

Malcolm nickte und schien kurz in seine Gedanken vertieft zu sein. Ich hoffte auch, dass Finnigan es schaffte.

»Und was machen wir jetzt?«, fragte ich nach einer Weile.

Malcolm grinste. »Erst einmal verlassen wir dieses Zimmer nicht mehr.« Dann küsste er mich.

»Eine gute Idee«, murmelte ich.

Malcom

Ich nahm mir eine weitere Handvoll Popcorn, während Claire sich zu mir auf die Couch setzte.

Sie griff sich auch Popcorn und schaltete dann auf Netflix um.

»Wann musst du eigentlich morgen zur Arbeit?«, fragte sie beiläufig und zappte durch die Filme.

»Erst gegen Mittag«, antwortete ich und strich ihr eine Strähne aus dem Gesicht. Seit zwei Wochen arbeitete ich jetzt auf einem kleinen Flughafen für eine Zehn-Mann-Airline. Ich arbeitete weniger, bekam dafür natürlich auch weniger Geld aber ... die kleinen Flugzeuge zu fliegen, hatte etwas. Etwas Besonderes. Und dann wartete da noch Claire auf mich, wenn ich Feierabend hatte. Besser konnte es einfach nicht laufen. Momentan war sie noch arbeitslos, aber sie träumte von einem eigenen Architekturbüro, und ich war fest davon überzeugt, dass sie sich diesen Traum auch erfüllen konnte.

Jetzt saßen wir bei ihr zu Hause und wollten den Sonntagabend ruhig ausklingen lassen.

»Na, wenn du erst mittags arbeiten musst«, sprach sie und schaltete einen Film an.

Ich stöhnte auf. »Das kann doch nicht dein Ernst sein!«

Claire kicherte und kuschelte sich näher an mich.

»Ach, komm schon!«, begann sie, aber ich zeigte auf den Titel, der gerade fett angezeigt wurde: Titanic.

Ich seufzte. »Dir ist schon klar, dass du mir etwas schuldest. Etwas Großes!« Ich grinste, als mir klar wurde, dass das ziemlich spaßig werden könnte.

»Ach, wirklich?« Claire sah mich skeptisch an, fast schon ängstlich. Ich lächelte breiter.

»Mir ist gerade aufgefallen, dass ich dich diesmal befummeln kann. Das Glück war mir damals nicht vergönnt.«

Ich streichelte über ihre Jogginghose, die sie angezogen hatte.

»Ja, weil du mit Sissy rumgemacht hast«, antwortete sie und wirkte etwas genervt.

»Du warst nicht verfügbar«, antwortete ich ehrlich. Sie zog eine Augenbraue in die Höhe. »Ich war ein Teenager, Claire. Ich wurde von Tomaten im Supermarkt scharf, wenn ich mir vorstellte, sie könnten Brüste sein, und deswegen musste Sissy herhalten, obwohl ich jemand ganz anderen wollte.«

Sie musterte mich. »Ich mochte dich damals auch schon, nur ...«

Ich seufzte und verstand sie sehr gut. »Du warst meine Claire ... ich sollte dich beschützen, nicht überfallen wie ein ...«

»Teenager, der auf Tomaten steht?«, grinste sie und ich schmunzelte auch.

»Vorsicht, Claire. Spiel nicht mit dem Feuer.«

»Ich spiele nicht, ich schüre es«, flüsterte sie und gab mir einen sanften Kuss auf die Lippen.

Mein Körper begann sofort auf 180 zu fahren. Das passierte mir mit Claire ständig.

Aber plötzlich wurden wir von einem polternden Geräusch gestört. Wir sahen John aus Claudias Zimmer rennen. Er zog sich gerade sein Hemd an.

»Fragt ja nicht«, murmelte er und verzog sich aus der Wohnung.

Claire sah mich fragend an. »Wusstest du …?«

Ich schüttelte den Kopf. »Claudia ist verrückt, nicht dumm. Dachte ich zumindest«, antwortete ich ihr.

Dann stand Claudia mit einem Bademantel bekleidet an ihrem Türrahmen.

Sie wirkte etwas genervt. »Fragt mich nicht, was mich da geritten hat!«

Dann schlug sie die Tür zu, und Claire und ich lachten uns schlapp.

Sie kuschelte sich wieder an mich.

Es war schon schön, das Leben. Selbst Titanic machte mir nichts mehr aus. Immerhin konnte man dabei super fummeln.

DREI JAHRE SPÄTER
New York

Malcom

Ich konnte kaum verstehen, was die Sozialarbeiterin sprach, weil die Kids hier so laut spielten. Es störte mich nicht, machte es mir nur schwieriger, mich umzusehen. Claire stand neben mir und hörte der Sozialarbeiterin zu. Sie war gerade dabei zu erklären, wie es für die Kids war. Claire wollte freundlich sein, weil diese Sache uns so wichtig war. Aber tief in ihr drin, stellte sie auf »stumm«.

Warum auch nicht? Claire und ich wussten ganz genau, was es bedeutete, hier zu leben.

Eigentlich hatten wir gehofft, Mrs. Waters anzutreffen, aber sie war vor einem Jahr verstorben.

Und dann sah ich einen Jungen, der allein in der Ecke stand und wütend wirkte. Sehr wütend. Wie alt war er? Höchstens zehn. Seine Kleidung wirkte sauber, aber der Junge ...

Ohne zu zögern, lief ich zu ihm hin. Er fixierte mich sofort. Ich hätte gegrinst, wenn ich nicht genau wusste, wie es war, dieser Junge zu sein.

»Hey!« Ich lehnte mich wie er an die Fensterbank und beobachtete all die Kids hier im Raum. Claire schenkte mir ein kurzes Lächeln, bevor sie der Sozialarbeiterin wieder zuhörte.

Der Junge antwortete nicht. »Ziemlich laut hier. Ist das immer so?«, fragte ich ihn.

»Immer«, seufzte der Junge plötzlich.

»Wie ist dein Name?«, fragte ich und tat so, als wäre die Frage beiläufig gestellt.

»Tony. Hören Sie Mister, ich kann Ihnen helfen, das perfekte Kind auszusuchen, wenn Sie wollen. Aber dafür will ich einen Dollar.«

Er war zynisch, hatte aber dennoch wache Augen und schien wütend über die Welt und alles drumherum zu sein. So war ich auch mal.

Ich grinste, bückte mich hinunter und sah dem Jungen in die Augen. Der Trotz in seinem Blick war mir so bekannt.

»Über Taschengeld kann man verhandeln, wenn du mit nach Hause kommst.« Die Entscheidung war gefallen und Claire würde sicherlich verstehen, warum Tony es werden würde.

Tony sah mich ungläubig an, während ich ihm nickend zusicherte, dass er sich nicht verhört hatte.

Ich winkte Claire zu mir, die auf uns zukam.

»Du willst mich adoptieren?«

»Wir wollen«, antwortete ich und spürte Claire hinter mir stehen. »Das ist meine Frau, Claire.«

Tony sah hoch und gaffte sie an, als wäre ihm ein Engel erschienen. So hatte ich vermutlich vor vielen Jahren auch ausgesehen, als ich sie das erste Mal traf. In den letzten drei Jahren machte sie mich einfach komplett. Allein waren wir beide verloren, zusammen waren wir alles, was wir brauchten.

Und jetzt wünschten wir uns immer öfter Kinder. Kinder, denen wir auch ein Zuhause schenken konnten.

So wie Claire mich anschaute, wusste sie ganz genau, warum meine Wahl auf Tony gefallen war.

»Hey«, begrüßte sie ihn und wischte über sein Haar.

Tony ließ es geschehen, starrte uns aber immer noch ungläubig an.

»Ich darf mit euch kommen?«

Claire lächelte und es erwischte den Kleinen sofort. Er war fasziniert von ihr, so wie ich es immer noch war.

Es war nicht immer einfach. Nichts war immer schön. Aber es war zu schaffen. Mit dem richtigen Menschen an deiner Seite. Für mich ist dies Claire.

Meine kleine Claire. Und jetzt würde Tony dazukommen. Besser ging es nicht ...

Ende

Danksagung

Malcolm und Claire haben eine kurzweilige, aber hoffentlich nachdenkliche Geschichte erzählt.
Wir denken immer so oft an die Zukunft, aber nie an die Vergangenheit. Wir verdrängen, weil wir meinen, dass es so besser ist. Aber manchmal lohnt sich ein Blick zurück. Was hilft es, alles zu verdrängen, wenn man so viele Dinge aufarbeiten könnte?
Ich hoffe, die beiden haben euch zum Lachen, zum Weinen und aber auch zum Nachdenken gebracht.

Ich bedanke mich an alle, die an diesem Buch beteiligt waren:
Lektorat, Korrektur, Testleser ...
Ihr macht aus meinen Werken das, was die Leute so lieben. Und das ist eine Menge!
Vielen lieben Dank!

Auch bei meinen Lesern möchte ich mich bedanken. Was wäre ich, wenn ich euch nicht hätte? Die Frage kann und will ich mir eigentlich nicht stellen.

Und auch an die Kinder da draußen, die ohne Eltern, ohne Familie groß werden.
Ich hoffe, ihr habt jemanden wie Claire oder Malcolm.
Denn gemeinsam ist alles besser, als allein zu sein.

Eure Emma